日本文学コレクション

新編

近代俳句

栗田　靖
清水弥一
編

翰林書房

近代俳句——目次

近代俳句の流れ

明治初期の俳句ならびに俳壇は、いわゆる天保俳調といわれる月並俳諧が横行し、京の成田蒼虬、桜井梅室、江戸の田川鳳朗が三大家として君臨し、もっぱら伝統的権威によって虚名をほしいままにしていたが、明治二十五年、正岡子規は新聞「日本」に「獺祭書屋俳話」を連載、二十六年には「文界八つあたり」「芭蕉雑談」を書いて旧派宗匠らの小主観と理屈にとらわれた俳風を攻撃し、広い文学視野に立って、月並派の虚像と化した芭蕉に代わる新しい指標としての蕪村を発掘し、方法としての「写生」を主張した。この年三月より新聞「日本」紙上に選句を発表、三十年一月には松山で「ホトトギス」を発刊、翌年には東京に移し、新聞「日本」とともに新派俳句の勢力の拡大をはかり、内藤鳴雪、河東碧梧桐、高浜虚子、石井露月、松瀬青々、夏目漱石、大谷繞石ら多くの俳人を輩出、選集『新俳句』（明31・3）および『春夏秋冬』（明34～34）に結晶させた。

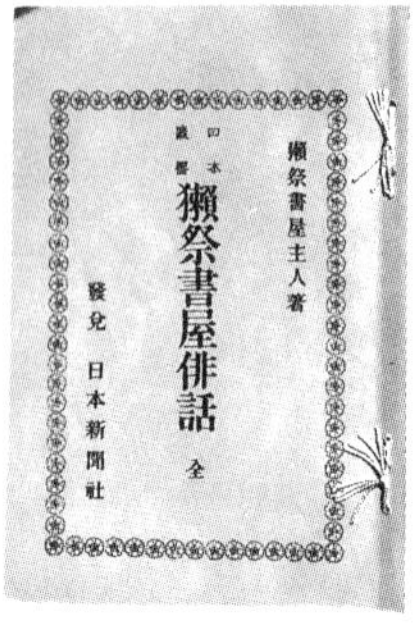

「獺祭書屋俳話」

子規の「日本派」とは別に尾崎紅葉の紫吟社（明23創立）、佐々醒雪の「筑波会」（明27創立）、角田竹冷の「秋声会」（明28創立）などあったが、しだいに子規系の勢力に圧倒されていった。

子規が三十五年九月に没すると、俳壇は「ホトトギス」を継承した虚子派と、新聞「日本」の俳句欄を継いだ碧梧桐派との二大潮流に分裂し、その対立は三十六年、「温泉百句」論争により表面化することとなった。三十九年八月、碧梧桐は全国旅行を開始、新傾向俳句論を推し進め、四十三年冬、第二次全国旅行の途次玉島で、「無中心論」を唱えて新傾向運動の頂点を示した。大正四年三月、中塚一碧楼を編集に起用して「海紅」を創刊し、安斎桜磈子、塩谷鵜平、滝井折柴らの作家を輩出したが、碧派の機関誌として「層雲」を創刊（明44・4）していた荻原井泉水はこれに加盟せず、定型と季題の制約を無視する自由律俳句を唱道し、「内的な律」をもった印象的短詩の創造につとめた。大須賀乙字もすぐに「海紅」を脱退して臼田亜浪の「石楠」（大4・3創刊）に加入するなど新傾向運動は分派的解消の様相を見せた。

一方虚子は、俳句よりも写生文に興味をもって、それに熱中した。三十

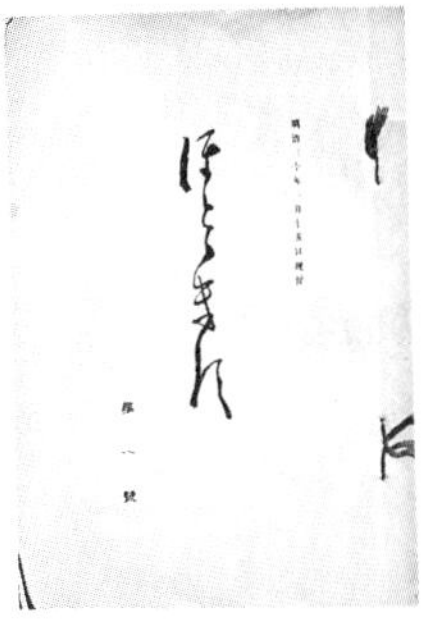
「ホトトギス」

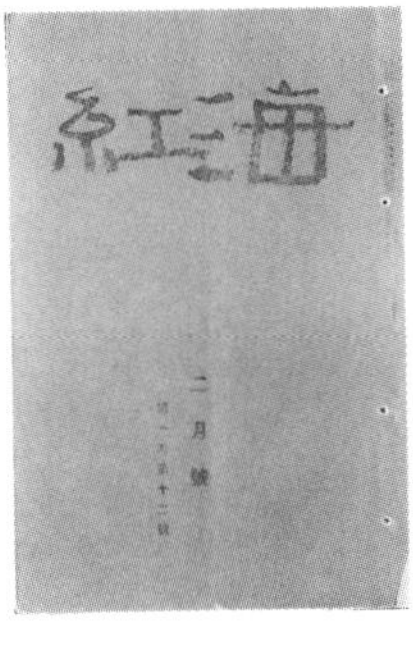
「海紅」

八年、「ホトトギス」に漱石の「吾輩は猫である」が載り、好評を博したのに刺激されて写生文より小説に没頭した。一時「ホトトギス」は文芸雑誌に近くなり、俳句は片隅の存在となった。四十五年、虚子は俳壇に復帰すると、七月より「ホトトギス」雑詠欄を復活、みずから「守旧派」と称し積極的に新傾向の批判を進めるとともに、大正四年から六年にかけ「ホトトギス」に「進むべき俳句の道」を書き、渡辺水巴、村上鬼城、飯田蛇笏、長谷川零餘子、前田普羅、原石鼎、長谷川かな女、原田浜人らを「ホトトギス」の有力俳人として俳壇に推挽し、その基礎を揺るぎないものとした。

しかし、大正中期には「曲水」(水巴、大5・10)、「雲母」(飯田蛇笏、大5・10)、「鹿火屋」(石鼎、大10・3)、「枯野」(長谷川零餘子、かな女、大10・10)が創刊され、それぞれ「ホトトギス」から離脱。また、松根東洋城も「渋柿」(4年1月)を、亜浪は、乙字の後援を得て「石楠」を創刊した。

大正末期から昭和のはじめにかけての「ホトトギス」は、雑詠欄で水原秋桜子、高野素十、山口誓子、阿波野青畝のいわゆる四Sが活躍、さらに十年代にわたって日野草城、山口青邨、後藤夜半、川端茅舎、松本たかし、

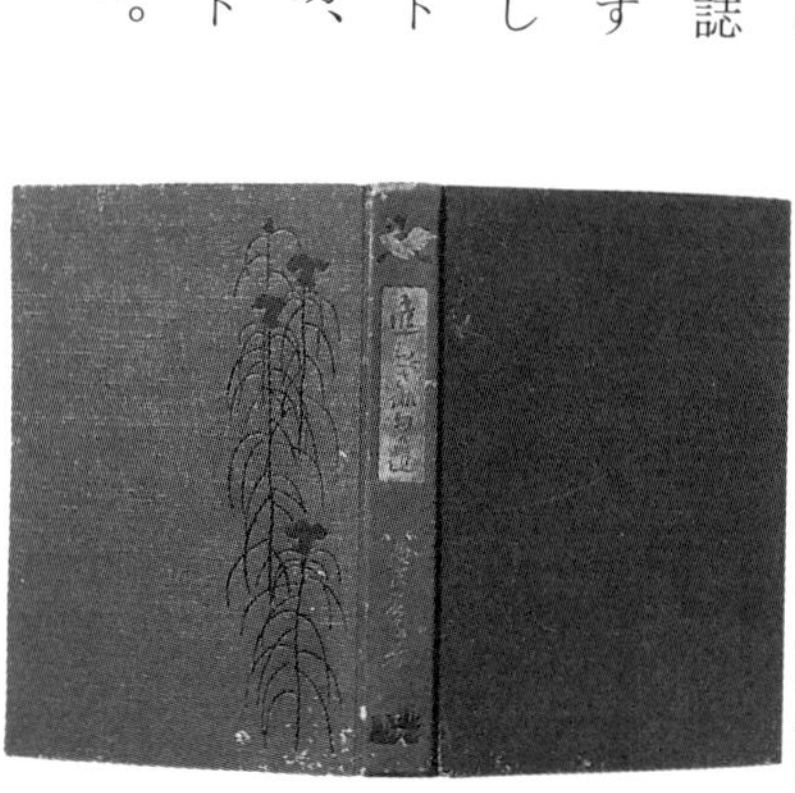

「進むべき俳句の道」

杉田久女、中村汀女、中村草田男らの新進作家が台頭し、第二の黄金期ともいうべき時代を築いた。

昭和二年、虚子は山茶花句会の席上ではじめて「花鳥諷詠」を説いた。これは従来の「客観写生」を句作態度の基本に据え、俳句を虚子独自の「悟り」に到りつく文芸と説くもので、虚子は素十をその代表的俳人として推した。これに対し秋桜子は主宰誌「馬酔木」に「自然の真と文芸上の真」(昭6・10)を書き、虚子が支持する素十の些末的な写生を批判、誓子もこれに同調し、都会素材の導入、知的構成手法による旧抒情の変革を試みた。昭和八年一月、平畑静塔・後藤左右・長谷川素逝らが「京大俳句」を創刊して「花鳥諷詠」から離れ、日野草城は無季俳句を主張して「旗艦」(昭10・1)を創刊、西東三鬼・高屋窓秋・石橋辰之助・島田青峰・東京三(秋元不死男)・篠原鳳作らがこれに加わり、ここにおいて新興俳句運動は秋桜子・誓子を中心とする有季定型の流れと、無季定型の流れに二分することとなった。

昭和十二年、日支事変が勃発、国民の思想統一が強化され、これを戯画化することによる批判をみせた新興無季俳句は、十五年から十六年にかけ

「旗艦」

「虚子句集」

て反体制的思想のゆえに弾圧にあい、壊滅した。

　誓子・秋桜子の出たあとの「ホトトギス」からは草田男・茅舎・たかしらが「花鳥諷詠」の正統を受け継ぐ新人として活躍したが、やがて、草田男は「花鳥諷詠」のそとに出て、俳句を人間としての個の生き方に密着させようとし、秋桜子の系統から出た石田波郷（「鶴」昭12・7創刊）、加藤楸邨（「寒雷」昭15・10創刊）の二人とともに難解派・人間探求派と称された。

　終戦後、新興俳句の作家は開放され、戦時中廃絶・統合をしいられていた「馬酔木」（秋桜子、昭20・12）、「石楠」（臼田亜浪、昭21・1）、「雲母」（蛇笏、昭21・3）、「かつらぎ」（青畝、昭21・3）、「鶴」（波郷、昭21・3）、「寒雷」（楸邨、昭21・9）などの俳句雑誌が次々と復刊された。また、新たに創刊された俳誌に「浜」（大野林火、昭21・1）、「春燈」（久保田万太郎、昭21・1）、「笛」（たかし、昭21・1）、「風」（沢木欣一、昭21・5）、「太陽系」（富沢赤黄男ら、昭21・5）、「万緑」（草田男、昭21・10）、などがある。

　「俳句人」（栗林一石路ら、21年11月）は戦時中の弾圧から開放された新

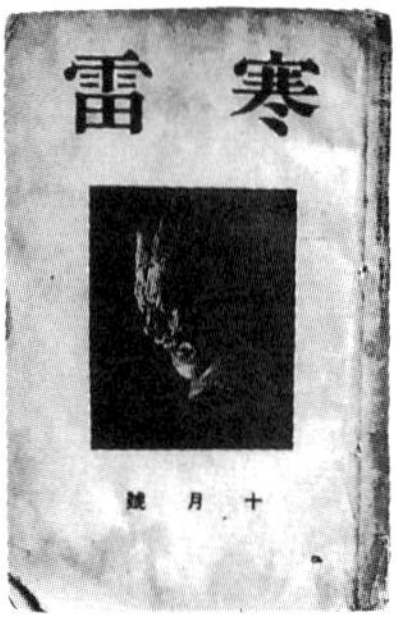

「寒雷」

「風」

興俳句系の俳人とプロレタリヤ俳句系の俳人が結成した「新俳句人連盟」（昭21・5結成）の機関誌として創刊されたものであったが、やがて内部に対立がおこり、波郷の手で総合雑誌「現代俳句」（昭21・9）が創刊され、それをよりどころとして「現代俳句協会」（昭22・7）が結成された。

昭和二十一年十一月、桑原武夫の「第二芸術論」（「世界」所載）による俳句及び俳壇への痛烈な批判は、俳人に深刻な反省を促すとともに、実作による反論を決意させ、理論の面でも誓子・草田男・楸邨ら数多くの俳人が反論した。二十三年一月、「酷烈なる精神」をもって「俳句の根源」を探求すべく誓子を中心に「天狼」が創刊され、三鬼・静塔・不死男・三谷昭・窓秋・永田耕衣・橋本多佳子がこれに依り、俳句を俳句たらしめているものは何かという問題の追究を実践をとおして推し進め、他に山本健吉、井本農一らの滑稽、挨拶論、イローニ説なども公にされた。

二十九年から三十年、三十一年にかけて、俳句に社会性、思想性が盛り得るかの問題が「風」を中心として論議され、草田男、金子兜太、欣一、能村登四郎らによって種々の試みがなされた。

その後、シュールリアリズムの詩の技法により、深層心理の表白を試み

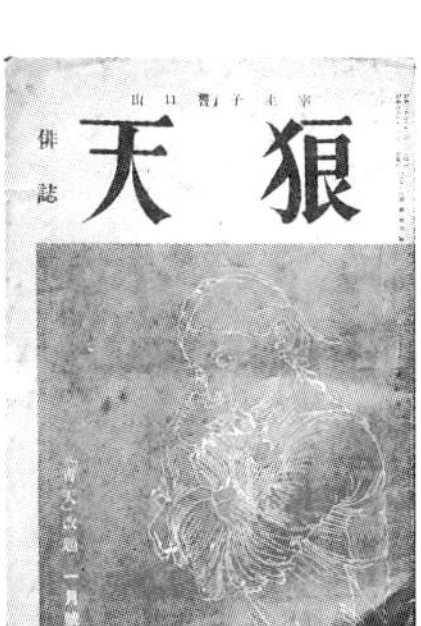

「天狼」

「現代俳句」

る高柳重信が「俳句評論」(昭33・3)を創刊、また、主体の内実を造型する俳句を標榜し造型論を唱える金子兜太が「海程」(昭37・4)を創刊してそれぞれ前衛作家を、結集した。三十六年十一月、前衛俳句の立場をとる草田男が中心となり伝統派の俳人は「現代俳句協会」を脱して「俳人協会」を設立。この分裂により、俳句の本質論、俳人の生き方の問題が提起され、俳壇に新たな論争を呼ぶこととなった。

三十年後半から四十年にかけて俳壇の中心的話題となった前衛俳句もその難解性と詩への歩み寄りへの反省から、季題詩としての風土に根ざした作品への志向を強めた。

以上の流れとは別に、いわゆる文人俳句として、漱石をはじめ、芥川龍之介(我鬼)・室生犀星・滝井折柴(孝作)・万太郎らがいてそれぞれ独自の句境を展開させた。

1 正岡子規《まさおかしき》

1867～1902

慶応三年（一八六七）九月十七日、伊予松山に生まる。本名常規、幼名処之助また升。別号獺祭書屋主人・竹の里人など。父隼太、母八重。松山中学を中退、一橋大学予備門に入る。常盤会寄宿舎の舎監内藤鳴雪らと俳句を始める。この頃から夏目漱石との交友を深める。二十二年、胸部疾患により喀血。これを期に子規と号する。二十三年東京大学文科大学国文科に入学。幸田露伴の「風流仏」に感銘して小説家たらんと志し、小説「月の都」を書いたが、露伴の認める処とならず、二十五年退学を決意、日本新聞社に入社。同年六月、新聞「日本」に「獺祭書屋俳話」を連載、俳句革新の狼煙をあげる。二十八年、日清戦争に従軍、帰国の途次喀血、生涯の宿痾となる。三十年「俳人蕪村」を発表、芭蕉にかわる新しい指標として蕪村を称揚し、俳句・短歌の革新に努め、虚子・碧梧桐ら多くの俊秀を育てた。明治三十五年（一九〇二）九月十九日、三十六歳にて死去。『俳諧大要』（明32）、随筆「墨汁一滴」（明34）、「仰臥漫録」（明34）、自選句集『獺祭書屋俳句帖抄上巻』（明35）等のほか、『子規全集』（講談社　全二十二巻別巻三巻　昭50～53）。

石手川出合渡[1]

若鮎の二手になりて上りけり　明25（『寒山落木』）

草庵

薪をわるいもうと[2]一人冬籠　明26（〃）

赤蜻蛉筑波[3]に雲もなかりけり　明27（〃）

漱石[4]に別る

行く我にとゞまる汝に秋二つ　明28（〃）

法隆寺[5]の茶店に憩ひて

柿くへば鐘が鳴るなり法隆寺　明28（〃）

松山[6]

春や昔十五万石の城下哉　明28（〃）

病起

夏痩の骨にとゞまる命かな　明28（〃）

秋の雲湖水の底を渡りけり　明28（〃）

(1)　松山市郊外にある渡し。
(2)　名前は律。明治三年十月一日生れ。
(3)　茨城県筑波・真壁・新治三群の境にある筑波山。
(4)　明治二十八年十月十九日、三津浜に出て船で広島に向かう時、夏目漱石に贈った句。
(5)　奈良には二十四日に着。三日ほどこの地で過ごした。
(6)　寛永十二年から、松平隠岐守定行が十五万石の城主となった。
(7)　明治二十六年三月六日に創設された日本俳句欄の投句稿を入れる箱。
(8)　夏の季語。開き鮒と笹掻き牛蒡と共に鍋に入れて煮たものを鍋のまま食べる料理。古くから土用の薬とされた。松山木屋町法界寺の鮒施餓鬼は路端に鮒汁を商う者が出る。
(9)　明治三十五年九月十八日午前十一時(永眠の十八時間前)、病床に仰臥しつつ、痩せた手で書いた最後の俳句三句中の一句。

春風にこぼれて赤し歯磨粉　明29（〃）

梨むくや甘き雫の刃を垂るゝ　明29（〃）

夏嵐机上の白紙飛び尽す　明29（〃）

病中雪

いくたびも雪の深さを尋ねけり　明29（〃）

ある日夜にかけて俳句[7]函の底を叩きて

三千の俳句を閲し柿二つ　明30（『俳句稿』）

鶏頭の十四五本もありぬべし　明33（〃）

餓鬼モ食へ闇ノ夜中ノ鰌[8]汁　明34（『仰臥漫録』）

絶句[9]

糸瓜咲いて痰のつまりし仏かな　明35・9・21（新聞「日本」）

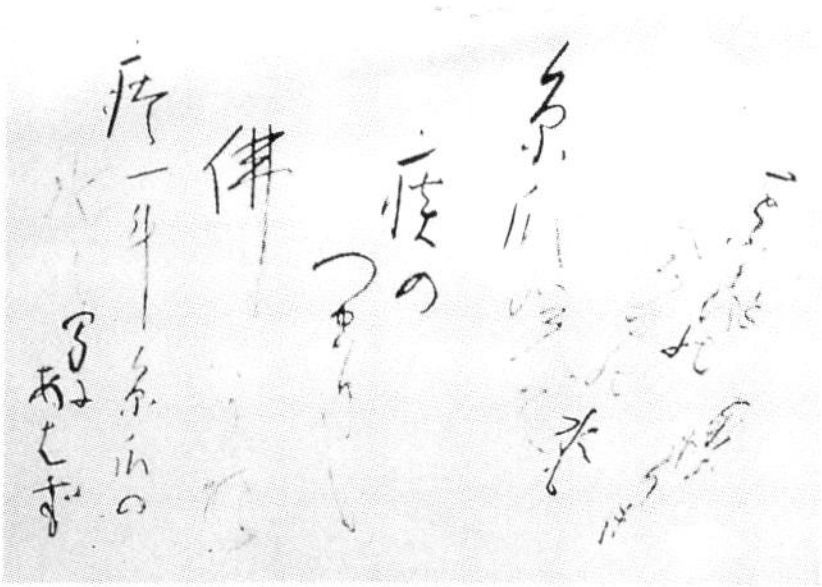

絶筆

絶筆

河東碧梧桐

予はいつも病人の使ひなれた軸も穂も細長い筆に十分墨を含ませて右手へ渡すと、病人は左手で板の左下側を持ち添へ、上は妹君に持たせて、いきなり中央へ、

　糸瓜咲て

とすら〳〵と書きつけた。併し「咲て」の二字はかすれて少し書きにくさうにあつたのでこゝで墨をついで又た筆を渡すと、こんどは糸瓜咲てより少し下げて

　痰のつまりし

まで又た一息に書けた。字がかすれたので又た墨をつぎながら、次は何と出るかと、暗に好奇心に駆られて板面を注視して居ると、同じ位の高さに

　佛かな

と書かれたので、予は覚えず胸を刺されるやうに感じた。書き終つて投げるやうに筆を捨てながら、横を向いて咳を二三度つゞけざまにして痰が切れんので如何にも苦しさうに見えた。妹君は板を横へ片付けながら側に座つて居られたが、病人は何とも言はないで無言である。（中略）其間四五分たつたと思うふと、無言に前の画板をとりよせる。予も無言で墨をつける。今度は左手を画板に持添へる元気もなかつたのか、妹君に持たせた儘前句「佛かな」と書いた其横へ

　痰一斗糸瓜の水も

と「水も」を別行に認めた。こゝで墨をつぐ。すぐ次へ

　間にあはず

と書いて、矢張投捨てるやうに筆を置いた。咳は二三度出る。如何にもせつなさうなので、予は以前に増して動悸が打つて胸がわく〳〵して堪らぬ。又た四五分も経てから、無言で板を持たせたので、予も無言で筆を渡す。今度は板の持ちかたが少し工合がわるさうであつたが、其儘少し筋違に

　をふらひのへちまの

と「へちま」のは行をかへて書く。予は墨をこゝでつぎながら、「ふら」の字の上の方が「ふ」の字のやうに、其下の方が「ら」の字の略したものゝやうに見えるので、「をふらひのへちまの」とは何の事であらうと聊か怪みながら見て居ると、次を書く前に自分で「ひ」の上へ「と」と書いて、それが「ひ」の上へはひるものゝやうなしるしをした。それで始めて「をとゝひの」であると合点した。其あとはすぐに「へちまの」の下へ

　水も

と書いて

　取らざりき

は其右側へ書き流して、例の通り筆を投げすてたが、丁度穂の方が先きに落ちたので、白い寝床の上へ少し許り墨の痕をつけた。（以下略）

（『子規言行録』昭11　政教社所収）

2 高濱虚子《たかはまきょし》

1874～1959

明治七年（一八七四）二月十日愛媛県松山市に生まる。本名清。父池内庄四郎政忠、母柳。九歳のとき、祖母の家系を継ぎ高浜姓となる。明治二十四年伊予尋常中学在学中、河東碧梧桐の紹介で正岡子規と文通、俳句への機縁となる。子規の命名で虚子と号する。明治二十五年京都の第三高等中学校に入学したが、二十七年、仙台の第二高等中学校に転校。しかし十月には、碧梧桐とともに退学上京。

明治三十一年、松山の柳原極堂から「ほとゝぎす」を継承、東京に移して発行人となる。子規没（明治三十五年）後、小説に傾倒し「斑鳩物語」「俳諧師」などを書く。しかし明治四十五年碧梧桐の新傾向の動きに対し、俳壇に復帰し守旧派を以て任じた。「ホトトギス」に雑詠選を復活し、村上鬼城・飯田蛇笏らをその中から生んだ。昭和二年「俳句の目的は花鳥風月を諷詠するにある」ことを提唱し、客観写生の手法を生涯貫いた。二十九年、文化勲章受章。昭和三十四年四月八日脳出血のため死去。代表的句集に、『五百句』（昭12）、『五百五十句』（昭18）、『六百句』（昭30）などがあり、全集に『定本高浜虚子全集』（毎日新聞社　全十五巻、昭48～50）がある。

遠山に日の当りたる枯野かな　明33（『五百句』）

桐一葉日当りながら落ちにけり　明39（〃）

春風(1)や闘志いだきて丘に立つ　大2（〃）

鎌倉(2)を驚かしたる余寒(3)あり　大3（〃）

年を以て巨人としたり歩み去る　大3（〃）

露の幹静に蟬の歩き居り　大5（〃）

白牡丹といふといへども紅《かう》ほのか　大14（〃）

流(4)れ行く大根の葉の早さかな　昭3（〃）

(1)　俳壇復帰を志した虚子は、大正二年「ホトトギス」誌上に「暫くぶりの句作」という一文を掲げ自解を試みている。そのうちの一句である。

(2)　虚子は明治四十三年より鎌倉に移住し、このころは鎌倉大町に居住していた。

(3)　「よかん」。寒が明けても残っている寒さ。春の季語。

(4)　「十一月十日九品仏吟行」の脇付を持つ。虚子は「晩秋初冬の頃、田園調布に吟行し……フトある小川に出で、橋上に佇むでその水を見ると大根の葉が非常の早さで流れてゐる。之を見た瞬間に今までたまりにたまって来た感興がはじめて焦点を得て句になった」（改造文庫句集「虚子」自序）と言っている。

(5)　「四月二十五日。風早西の句碑を見、鹿島に遊ぶ。」の脇付を持つ。風早西は、虚子の郷里松山在にある。

(6)　空海の修行の遺跡である四国八十八ヶ所の霊場などを巡拝する人。

(7)　穀（かじ）の木の皮の繊維で織った布のことをその色の白さからいう。転じて白い色のことをもいう。

(8)　山国は、長野県小諸。五月十四日の作。虚子は当時小諸に疎開中で、

道[5]のべに阿波の遍路[6]の墓あはれ　昭10（〃）

大空に羽子の白妙[7]とどまれり　昭10（〃）

手毬唄かなしきことをうつくしく　昭14（『五百五十句』）

山国[8]の蝶を荒しと思はずや　昭20（『六百句』）

初蝶来何色と問ふ黄と答ふ　昭21（『六百五十句』）

海女[9]とても陸こそよけれ桃の花　昭23（〃）

手で顔を撫づれば鼻の冷たさよ　昭24（〃）

去年[10]今年貫く棒の如きもの　昭25（〃）

来合せた年尾と比古を伴って浅間山の登山道を登っていてこの句を得た。

(9)「四月八日（志摩の）外海に海女の作業を見る」という脇付を持つ。

(10)大晦日から元旦にかけての時の移ろいに感慨をこめていう。新年の季語。

『六百句』

高浜虚子の正岡子規宛書簡

小生大兄ノ高名を承る事久しく河東兄ノ家ニ遊フ毎に常ニ大兄の手書ニ接シ恋々の情止む能ハず　昨年夏城北練兵場ニ於テ始メテ君ニ相会フ事ヲ得ルト雖トモ小生ノ小胆なる進て大兄ニ向テ語ヲ発スルノ機会を得さりしハ家に帰りて巳に遺憾に堪へず今ニ於テ赧顔の至りなり蓋シ余ノ兄ニ向テ斯く恋情忍ぶ能ハさる所以のものハ全く君と嗜好を等ふするによるものにして君か一言一句ハ以て余の肝胆に徹す可く以テ余か勇気ヲ奮フ可シ

嗚呼大兄若し鈍児を以て小生を退けず可憐児を以て憐情を垂れ区々タル小胆の希望を容れバ小生の幸福夫レ幾何ぞ　伏シテ請フ正岡雅兄爾後時に叱正を垂れ教導訓誡の労を惜マルヽ無クンバ君ハ一ノ赦世主ナリ否救人主トコソ称す可けれ情ノ禁する能ハさる所溢れて漫りに無礼の言を為す若し高筆をわずらハす可くんハ幸甚　恐惶謹言

城南の一漁史　高濱　清

明治二十四年五月廿三日

洛陽ノ鴻学

正岡雅兄

二白

河東秉ハ小生ノ親友小生ヲ知ルモノハ実ニ氏ナリ短所ヲ挙ゲテ小生ヲ責ムルノハ実ニ氏ナリ兄請フ氏ニ付キテ聞ク所アレ小生固ヨリ不才無識ト雖トモ一点ノ熱心ハ文学界ヲ通ジテ走ル矣又聞く所ニヨレバ兄少シク肺弱ヲ憂フト請フ摂生以テ松山人民ノ意ヲ満足セシメヨ

蕪言多罪

花鳥諷詠問答

問　花鳥諷詠といふのはどういふことですか。

答　これは俳句の性質を説明した言葉で、花鳥風月といふのをつづめて花鳥といつたので、其花鳥を諷詠するといふ意味であります。

問　花鳥風月といふと？

答　四季の移り變りで起る天地自然の現象をいふのです。

問　さうすると四季の移り變りの天地自然の現象を詠ずるのを俳句といふのですか。

答　さうです。芭蕉も「見る處花に非ずといふ事なし、おもふ所月にあらずといふことなし」と言つてゐます。

問　さうすると雪月花を詠ずる隠居仕事ですか。

答　隠居仕事ではありません。花鳥を諷詠すると申しましても、委細に申せば月雪花其他の自然現象（四季の）を透して自分の感懐を詠ずるのです。

（改造社「父を繼ふ」所収）

3 河東碧梧桐《かわひがしへきごとう》

1873〜1937

明治六年（一八七三）二月二十六日、松山市千舟町に生まる。本名秉五郎。別号青桐・女月・海紅堂主人。朱子学派の学者静渓、母せいの五男。仙台二高中退。明治二十三年より正岡子規に師事し、二十九年頃より頭角を現し、高浜虚子とともにその双璧と目された。三十五年子規没後、「日本」俳句欄を継承し、感覚的写実的傾向で子規の写生を推し進め、明治三十九年より同四十四年にかけて二度にわたり全国遍歴を行い新傾向俳句運動を展開した。大正四年、俳誌「海紅」を創刊したが、十一年同誌を離れ、その後一時外遊、翌年個人誌「碧」を創刊。十四年「三昧」を創刊、昭和五年、主宰を風間直得に譲り、八年三月還暦祝賀会で俳壇引退を声明した。碧梧桐は俳句を近代詩の一形式と考え、その近代化に苦悩した先覚者である。ジャーナリスト・蕪村研究家として知られ、書では六朝をもって一家をなした。昭和十二年（一九三七）二月一日、六十五歳で死去。句集『新傾向句集』（大4）、『八年間』（大12）、評論『新傾向句の研究』（大4）、紀行文『三千里』（明43）、『続三千里　上』（大3）等のほか、『碧梧桐全句集』（平4）がある。

春寒し[1]水田の上の根なし雲　明29（『新俳句』）

赤い椿白い椿と落ちにけり　明29（〃）

笛方[2]のかくれ貌なり薪能[3]　明32（『春夏秋冬』）

この道の富士になり行く芒かな　明34（『碧梧桐句集』）

馬独り忽[4]と戻りぬ飛ぶ螢　明39（『続春夏秋冬』）

空《クウ》をはさむ蟹死にをるや雲の峰[5]　明39（〃）

出羽人も知らぬ山見ゆ今朝[6]の冬　明39（『新傾向句集』）

思はずもヒヨコ生れぬ冬薔薇　明39（〃）

(1)　立春後の寒さ。余寒より寒さの余韻が少ない。春の季語。

(2)　演能の際の囃子方ひとり、小鼓や太鼓を奏する人と並び、横笛を奏する。囃子方は舞台の後方に座し、笛方はその右端。

(3)　古くは陰暦二月五日から十二日、近年は三月十四、五日に奈良の興福寺および春日大社の門前の芝生の上で篝火を焚いて行なわれた。春の季語。

(4)　不意に現われるさま。

(5)　積雲・積乱雲、入道雲とも呼ばれるもの。夏の季語。

(6)　立冬の日の朝、十一月七・八日頃に当たる。「三千里」の旅中、十一月二十七日、宮城県登米で小集での作。

(7)　法会の下の意で、禅家などで、師の膝下で修行する所をいう。会下の友は共に参禅したことのある友の意。

(8)　いたどり。山野や路傍に生える大形の草で紅褐色の茎は一〜二メートルになる。春の季語。

(9)　山地に多く自生するジンチョウゲ科の落葉灌木。雁皮紙の原料となる。

(10)　釧路のアイヌ村。「三千里」の旅中、四月八日の作。

会下[7]の友想へば銀杏黄落す　明40（〃）

虎杖[8]やガンピ[9]林の一[10]部落　明40（〃）

立山頂上[11]
雪を渡りて又薫風の草花踏む　明42（〃）

炭挽く手袋の手して母[12]よ　大5（『八年間』）

肉かつぐ肉のゆらぎの霜朝　大7（〃）

外套の手深く迷へるを言ひつゝまず　大7（〃）

曳かれる牛が辻でずつと見廻した秋空だ　大7（〃）

ミモーザ[13]を活けて一日留守にしたベットの白く　大10（〃）

(11)　富山県の西南隅、日本アルプスの西北端に連なる連峰。「三千里」の旅中、七月三十日の作。

(12)　父静溪の後妻せい。明治四十一年四月二十六日没、享年七十。

(13)　碧梧桐は「木は相応に高いが、あまり大きいのを見ない、日本の合歓位だ。いゝ香りがある…」と記している。ローマでの作。大正九年末渡欧。

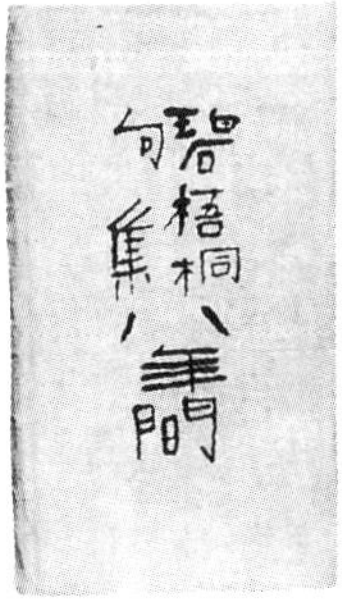

『八年間』

続一日一信

河東碧梧桐

十二月四日。 半晴

午後瀬戸の日和山に散歩した。海中に立つ鮮やかな虹を見て帰途に着いたが、二三丁戻る間もなく、霧雨が降つて来た。霧雨は次第に小粒な雨になつた。時雨雲が頭の上をずんずん我等の行く方に推して行く。妻子は車で帰つたが、鵜平と予とは外套を雨に打たせて、のさ〳〵あるいてゐた。柳行李の売行きの衰へたことなどを語り合つて城の崎に着くと、道もカラ〳〵してをつて、雨の一粒も降つた跡がない。日本海岸の中でも、僅かに一里の差異でかやうな天候の変化がある。同じ方向を辿る者にも、仔細に観察すると、其処に種々の類別のあることがわかる。実際其の境涯に身を置かぬと、其の種類の差違は感得されぬ。丁度けふの天候のやうなものである。我等の唱道する新傾向も旧傾向に立つて傍観してをる人には、たゞ山陰道には雨が多いといふ位のことしかわかつてをらぬと思うた。

（但馬城崎にて）

石畑に冥伽掟や野は枯れて　鵜平

女馬許り使ふ村より枯野原　茂枝女

宿論もこの墓所にある枯野かな　碧梧桐

十二月五日。 午前晴、午後曇、夜雨。

けさ初氷を見た。

予の為め送別句会が豊岡に開かれたので、鵜平桃村と共に列席した。会後例によつて大に飲んだ。

由人の周到な斡旋が与つて力あつたのであらう。豊岡の旗亭中、十中の七は皆予の手習半分に書いた墨書を額にして掛けてをるといふ。けふも現に「甲調楼」と書いた額の下で盃を上げつゝある。鵜平が頻りに仰いで見ては、気の利いた四字ですなアといふ、（略）

句会句録

凩や昼餉のあとの焚火癖　杏軒

凩や牛舌墨の香に籠り　鵜平

凩や牧訪ふを機場見てやみし　碧梧桐

十二月六日。 半晴。

終日日記に筆を執つて、募集文の選など遂に夜十二時を過ぎて了へた。

（但馬城崎にて）

十二月七日。 午前雨。午後半晴。

四度日本俳句選に従事した。

桃村帰る。鵜平と宅からもう戻つてはどうかというて来たさうな。一週間位の予定で来た妻子も既に二週間になつたといふ。

鷹の羽の落ちし家に冬薔薇咲く　鵜平

七人の末子に老いぬ冬薔薇　茂枝女

冬薔薇月山鍛冶の下りてをり　碧梧桐

（『続三千里』大3　金尾文淵堂）

4 夏目漱石《なつめそうせき》

1869〜1916

慶応三年（一八六九）一月六日東京牛込喜久井町に生まる。本名金之助。二松学舎で漢文を学び、明治十七年大学予備門、二十三年東京大学英文科に入学。このころ正岡子規と相知り共に漢詩や俳句をつくる。二十六年大学卒業。東京高師に一年勤め、二十八年四月、子規の紹介で愛媛県の松山中学に赴任。二十九年熊本の第五高等学校教授、三十三年イギリスに留学。三十六年帰国して一高および東大の講師となる。松山中学在任中の二十八年八月、記者として日清戦争に従軍中病を得て帰国した子規が、漱石のもとに立ち寄り二ケ月ほど同居した。これを機に句作に熱心になり、熊本滞在中の三十年にかけて最も句作に力が注がれた。明治三十八年「ホトトギス」に連載した「吾輩は猫である」により文名が高まり、四十年乞われて朝日新聞社に入社。以後数々の名作を発表した。句作は小説執筆中も絶えることなく、ことに四十三年伊豆修善寺で療養中の句は優れている。四十四年一月、文学博士号を授けられたが、辞退した。大正五年十二月九日死去。墓は雑司ケ谷にあり、東京都の史跡。句集に『漱石俳句集』（大6）がある。

叩かれて昼の蚊を吐く木魚哉　明28（『漱石俳句集』）

凩(1)や海に夕日を吹き落す　明29（〃）

菫程な小さき人に生れたし　明30（〃）

大手(2)より源氏寄せたり青嵐(3)　明30（〃）

ふるひ寄せて白魚崩れん許りなり　明30（〃）

人に死し鶴に生れて冴え返る　明30（〃）

木瓜(4)咲くや漱石拙(5)を守るべく　明30（〃）

倫敦にて子規(6)の訃を聞きて

霧黄なる市に動くや影法師　明36（〃）

(1)　晩秋から初冬に吹く風で北西寄りの季節風。風の名も木を枯らすところから付けられた。冬の季語。

(2)　城の表門。

(3)　五月から七月ころ万緑を吹く風。青葉や青草を吹きなびかせる趣が「青」によく出ている。夏の季語。

(4)　漱石は『草枕』（十二）の中で木瓜について次のように述べている。「木瓜は面白い花である。枝は頑固で、かつて曲った事がない。（略）評して見ると木瓜は花のうちで、愚かにして悟ったものであらう。世間には拙を守ると云ふ人がある。此人が来世に生れ変ると屹度木瓜になる。余も木瓜になりたい。」

(5)　陶淵明の「園田の居に帰る」の詩に「拙を守りて園田に帰る」とあり、漱石の好んだ語である。

(6)　子規の死は明治三十五年九月十九日。漱石は帰国間際に知り、十二月一日高浜虚子宛書簡に子規追悼句を五句書き送るが、その第三句。

(7)　熊本の俳人井上藤太郎（俳号・微笑）宛書簡に「近頃俳句などやりたる事なく候間頗るマズキものばかりに候」とある。

(8)　明治四十年から大正五年にかけて

無[7]人島の天子とならば涼しかろ　明35（〃）

雨声會[8]の招飲を辞したる手紙の端に

時鳥[9]厠半ばに出かねたり　明40（〃）

〔修善寺病中〕

秋の江に打ち込む杭の響かな　明43（〃）

床の中で楠緒子[10]さんの爲に手向の句を作る

有る程の菊抛げ入れよ棺の中　明43（〃）

〔修善寺病中〕

腸[11]に春滴るや粥の味　明43（〃）

わが全身に満ち渡る骨の痛み

朝寒や生きたる骨を動かさず　明43（〃）

逝く人に留まる人に来る雁　明43（〃）

痔を切つて入院の時

秋風や屠られに行く牛の尻　大元（〃）

西園寺公望が主催した文士招待会。

(9)　夏のはじめ南方から渡来する渡り鳥。春の花、秋の月、冬の雪と並んで夏の時鳥は、日本の四季を代表する詠題として広く詩歌に詠まれてきた。

(10)　漱石の親友大塚保治の夫人、歌人・小説家。漱石の恋人であったという説がある。

(11)　同時作に、上五「骨の上に」がある。

『漱石俳句集』

修善寺の大患の思い出

病中は知ると知らざるとを通じて四方の同情者から懇切な見舞を受けた。衰弱の今の身では其一々に一々の好意に背かない程に詳しい禮状を出して、自分がつい死にもせず今日に至った經過を報ずる譯にも行かない。「思ひ出す事など」を牀上に書き始めたのは、是が爲である。――各々に向けて云ひ送るべき筈の所を、略して文藝欄の一隅にのみ載せて、余の如きものゝために時と心を使はれた難有い人々にわが近況を知らせる爲である。

従って「思ひ出す事など」の中に詩や俳句を挾むのは、單に詩人俳人としての余の立場を見て貰ふ積ではない。實を云ふと其善悪などは寧ろ何でも好いと迄思ってゐる。たゞ當時の余は此の如き情調に支配されて生きてゐたといふ消息が、一瞥の迅きうちに、讀者の胸に傳はれば満足なのである。

秋の江に打ち込む杭の響かな

是は生き返ってから約十日許して不圖出來た句である。澄み渡る秋の空、廣き江、遠くよりする杭の響、此三つの事相に相應した様な情調が當時絶えずわが微かなる頭の中を徂徠した事は未だに覺えて居る。

秋の空浅黄に澄める杉に斧

是も同じ心の耽りを他の言葉で云ひ現したものである。

別るゝや夢一筋の天の川

何といふ意味か其時も知らず、今でも分からないが、或は仄に東洋城と別れる折の連想が夢の様な頭の中に這回って、恍惚と出來上つたものではないかと思ふ。

當時の余は西洋の語に殆んど見當らぬ風流と云ふ趣をのみ愛してゐた。其風流のうちでも茲に擧げた句に現れる様な一種の趣丈をとくに愛してゐた。

秋風や唐紅の咽喉佛

といふ句は寧ろ實況であるが、何だか殺気があって含蓄が足りなくて、口に浮かんだ時から既に變な心持がした。

（「思ひ出す事など」より）

5 芥川龍之介《あくたがわりゅうのすけ》

1892〜1927

明治二十五年（一八九二）三月一日、東京都に生まる。本名同じ。別号我鬼・澄江堂主人。新原敏三、母ふくの長男。母方の姓を継いだ。府立三中、一高を経て、東大英文科卒業。横須賀海軍機関学校嘱託教官として英語を教えたが、大正八年職を辞した。大学在学中から創作活動に従い、夏目漱石の門下となる。久米正雄・菊地寛らと第三次・第四次の「新思潮」を刊行した。本格的に俳句を始めたのは大正五年、第四次「新潮社」の創刊号に「鼻」を発表して漱石の激賞を受けた頃からで、七年高浜虚子に指導を受け、五月号の「ホトトギス」雑詠欄に二句初入選した。十年前後が俳句に最も熱中した時期で、珠玉のような秀吟が多い。古俳句特に芭蕉・凡兆・召波の句を愛好し、『芭蕉雑記』（大12）などの評論のほか、芭蕉を主題とした小説「枯野抄」（大7）もある。十二年頃から作句は頓に少なくなり、やがて神経衰弱に犯され、昭和二年（一九二七）七月二十一日睡眠薬を嚥んで自殺した。享年三十六歳。『羅生門』（大6）『傀儡師』（大8）『邪宗門』（大11）等の創作のほか、『澄江堂句集』（昭8）『芥川龍之介句集（我鬼句集）』（昭51）がある。

魚の眼を箸でつつくや冴返る[1]　大6（『芥川龍之介句集』）

木がらしや東京の日のありどころ　大6（『澄江堂句集』）

ゼンマイに似て蝶の舌暑さかな　大7（『芥川龍之介句集』）

青蛙おのれもペンキぬりたてか　大7（　〃　）

痨咳[2]の頰美しや冬帽子　大7（『澄江堂句集』）

木がらしや目刺にのこる海のいろ　大8（　〃　）

柚[3]落ちて明るき土や夕時雨　大8（『芥川龍之介句集』）

稲むらの上や夜寒[4]の星垂るゝ　大8（　〃　）

即興

明易き[5]水に大魚の行き来かな　大9（　〃　）

(1)　暖かくなりかけたと思っていると、急に寒さが戻ってくるようなことがある、それをいう。春の季語。

(2)　肺結核の漢方名。

(3)　柚子とも書く、直径四センチほどの扁平形の果実。初冬近くなって黄色に熟す、香気がつよいので調味料として珍重する。晩秋の季語。

(4)　日中の暖かさに比して、夜の寒さを実感することをいう。秋の季語。

(5)　夜の短いことをいい、短夜と同じ。夏の季語。

(6)　大正七年三月より翌年四月まで、鎌倉の借家で新妻文と新婚生活を過ごした。

(7)　穀物などの籾殻をあおって籾・塵などを分け除く農具。

(8)　田端の自宅の書斎に「我鬼窟」の扁額を掲げ作家生活に精進していた。

(9)　「とのさまばった」を小型にしたような昆虫で、稲をたべる害虫。秋の季語。

(10)　五月十五日から一週間震災で金沢に帰郷中の犀星を訪ねている。

(11)　昭和二年七月二十四日午前一時ごろ短冊に書き、親友の下島薫に渡すよう伯母に依頼し、その直後服毒自

今は双六にも心ひかれず

元日や手を洗ひをる夕ごころ　大10（『澄江堂句集』）

農家のいとなみのミレエの画めきたるを見、句にせばやと思ひしはいまだ鎌倉[6]に住みし頃なり

炎天にあがりて消えぬ箕[7]のほこり　大10（〃）

こもり居[8]

冬の日や障子をかする竹の影　大11-12（『芥川龍之介句集』）

初秋の蝗[9]つかめば柔かき　大12（『澄江堂句集』）

日ざかりや青杉こぞる山の峡《かひ》　大13（〃）

[10]室生犀星金沢の蟹を贈る

秋風や甲羅をあます膳の蟹　大13（〃）

自嘲

[11]水洟や鼻の先だけ暮れ残る　大14（〃）

波調

[12]兎も片耳垂るる大暑かな　大15（〃）

『芥川龍之介句集』

殺した。制作年は推定。

(12) 初案は「小兎も…」であったという。

わが俳諧修業

芥川龍之介

教師時代。——海軍機関学校の教官となり、高浜先生と同じ鎌倉に住みたれば、ふと句作をして見る気になり、十句ばかり玉斧を乞ひし所、「ホトトギス」に二句御採用になる。その後引きつづき、二三句づつ「ホトトギス」に載りしものなり。但しその頃も既に多少の文名ありしかば、十句中二三句づつ雑詠に載るは虚子先生の御会釈ならんと思ひ、少々尻こそばゆく感ぜしことを忘れず。

作家時代。——東京に帰りし後は小沢碧堂氏の鉗鎚を受くること一方ならず。その他一游亭、折柴、古原艸等にも恩を受け、おかげさまにて幾分か明を加へたる心地なり、尤も新傾向の句は二三句しか作らず。つらつら按ずるにわが俳諧修業は「ホトトギス」の厄介にもなれば、「海紅」の世話になるもなり、宛然たる五目流の早じこみと言ふべし。そこへ勝峯晋風氏をも知るやうになり、七部集なども覗きたれば、愈鵺の如しと言はざるべからず。今日は唯一游亭、魚眠洞等と閑に俳諧を愛するのみ。俳諧のことなどはとんと知らず。又格別知らんとも思はず。たまに短尺など送って句を書けと言ふ人あれど、短尺だけで恬然ととりつ離しにして未だ嘗書いたことなし。この俳壇の門外漢たることだけは今後も永久に変らざらん乎。次手を以て前掲の諸家の他にも、碧梧桐、鬼城、蛇笏、天郎、白峯等の諸家の句にも恩を受けたることを記しおかん。白峯と言ふは「ホトトギス」にやはり二三句づつ句の載りし人なり。

(『芥川龍之介全集』所収)

瑣事

人生を幸福にする為には、日常の瑣事を愛さなければならぬ。雲の光り、竹の戦ぎ、群雀の声、行人の顔、——あらゆる日常の瑣事の中に無上の甘露味を感じなければならぬ。

人生を幸福にする為には?——

しかし瑣事を愛するものは瑣事の為に苦しまなければならぬ。庭前の古池に飛びこんだ蛙は百年の愁を破つたであらう。が、古池を飛び出した蛙は百年の愁を与へたかもしれない。いや、芭蕉の一生は享楽の一生であると共に、誰の目にも受苦の一生である。我我も微妙に楽しむ為には、やはり又微妙に苦しまねばならぬ。

人生を幸福にする為には、日常の瑣事に苦しまなければならぬ。雲の光り、竹の戦ぎ、群雀の声、行人の顔、——あらゆる日常の瑣事の中に墜地獄の苦痛を感じなければならぬ。

(「侏儒の言葉」『芥川龍之介全集』所収)

6 久保田万太郎《くぼたまんたろう》

1889〜1963

明治二十二年（一八八九）十一月七日東京に生まる。俳号暮雨のちに傘雨。東京府立第三中学校中退後、慶応義塾普通部、大学部文科予科を経て、慶応大学部文科を卒業。俳句は中学時代にはじめ、予科に在学中に三田俳句会に出席、この縁で岡本松浜、後に松根東洋城を知り、東洋城の「国民俳壇」へ投句する。明治四十三年五月永井荷風が「三田文学」を創刊、主宰することになり、この機運が万太郎を小説家、戯曲家として進ましめることになる。小説「朝顔」戯曲「遊戯」が三田文学に載り、小宮豊隆、島村抱月に認められた。文壇に出てから俳句を離れたが、大正十二年芥川龍之介の勧めで句作に戻り、昭和九年から「いとう句会」を指導。戦後二十一年安住敦企画の俳誌「春燈」の創刊にあたり主宰となり、終生続けた。作家・劇作家・演出家を本業、俳句を余技と称しつつ深みのある句境を示した。芸術院会員・文化勲章受章。昭和三十八年五月六日死去。句集に『道芝』（昭2）、『流寓抄』（昭33）、『流寓抄以後』（昭38）、『久保田万太郎全句集』（昭46）などがある。

海嬴[1]の子の廓ともりてわかれけり　明42（『草の丈』）

長男耕一、明けて四つなり

さびしさは木をつむあそびつもる雪　大13（〃）

島崎[2]先生の「生ひ立ちの記」を読みて

神田川祭《まつり》の中をながれけり　大14（〃）

竹馬[3]やいろは[4]にほへとちり〴〵に　大14（〃）

まつり[5]のあとのさびしさは

新涼[6]の身にそふ灯影ありにけり　大15（〃）

あきかぜのふきぬけゆくや人の中　昭5（〃）

病む

枯野はも縁の下までつゞきをり　昭13（〃）

昭和十八年十月、友田[7]恭七回忌

あきくさをごつたにつかね供へけり　昭18（〃）

(1)　「ばいまわし」といって海嬴という貝殻に鉛をつめこんだものを茣蓙を張ったばけつの上で独楽のようにぶつけあって勝負を決める少年たちの遊びがあり、その遊びの少年たちの意味。

(2)　島崎藤村のこと。「生ひ立ちの記」は、藤村の浅草新片町時代の作品で、みずからの少年時代の生い立ちを語ったもの。その中に祭りのところがある。

(3)　長い青竹二本にそれぞれ足を乗せる板を取り付けた子供の遊び道具。冬の季語。

(4)　「ちり〴〵に」を導き出す序詞のような働きを持ち、子供の世界の雰囲気をかもし出している。

(5)　当時万太郎の住んでいた日暮里諏訪神社の祭り。

(6)　秋になってから感ずる新鮮な涼しさ。秋の季語。

(7)　築地小劇場での新劇俳優。女優の田村秋子と結婚。万太郎が岸田国士らと友田夫妻を中心に文学座を結成したのは昭和十二年だが、その公演準備中友田は日中事変に召集され上海で戦死した。

(8)　「船津屋とは〝歌行燈〟に描かれた

耕一応召

親一人子一人螢光りけり　昭19（〃）

帝国劇場五月興行・「短夜」演出ノートより

短夜のあけゆく水の匂かな　昭21（『流寓抄』）

獺(8)に燈《ひ》をぬすまれて明易き　昭30（〃）

(9)しらぬまにつもりし雪のふかさかな　昭31（〃）

(10)こたへて曰く、方違《かたがた》へ

連翹やかくれ住むとにあらねども　昭32（〃）

こたへて曰く、方違《かたたが》へ

あたゝかやしきりにひかる蜂の翅　昭32（〃）

鮟鱇もわが身の業(11)も煮ゆるかな　昭38（『流寓抄以後』）

湯豆腐(12)やいのちのはてのうすあかり　昭38（〃）

る湊屋のことなり。すなはち、主人念願の記念碑のためにつぎの一句をおくる」の脇書きを持つ。「歌行燈」は泉鏡花の小説。

(9)　「〽人をうらめば　ひともまたわれをうらみてしどもなや　月かげの　きえてあとなし　ゆめぞともいつふりいでゝ閨の戸に、いつつもりたる雪の嵩」という脇書きを持つ。脇書きは自作の小唄である。

(10)　晩年、妻との不和から妻の元を離れて一女性と同棲していた。この女性は万太郎に安らぎを与えた。

(11)　万太郎に一ときの安らぎを与えた女性が急逝した。そのあとの嘆きである。

(12)　この句を詠んで数ヶ月後、万太郎は梅原龍三郎邸に招かれて会食中急逝した。

日暮里の桜

日暮里へ来て最もわたしのうれしいと思ったことは、由來その土地の櫻の木に富んでゐることだった。ことにはじめ住んだ渡邊町の界隈には、日ぐらし公園だの道灌坂だの、たくさんの木の一トところに固つてゐるさうした名所のやうな場所以外、嘗てもわたしはいつたことがある、そこらの道端の、それこそおもひもつかない町中のはう〴〵に、一ト木二タ木づつしづかに白く咲きあふれてゐる可懐しい梢のかげをみ出すことが出來た。――あるひは郵便局の角に、あるひは車宿のまへに、あるひは煙草屋の裏に……

淋しさや
ちもとの菓子と
花ふゞき

したゝかに
水をうちたる
夕ざくら

宵浅く
ふりいでし雨の
さくらかな

かうしたわたしの句は、すべてこれ、その渡邊町時分の所産である。はじめのものは道灌坂の下の、郵便局の通りの、白晝さういつてもヒツソリした、まれにしか人通りのない、いたづらに日影のみうらゝかに滿ちた往來の感じをいはうとしたもの、つぎのものは同じ往來の夕かたまけたけしきを描いたもの、さうしてあとのものについては、道灌坂の上、筑波臺の、わたしのうちと文学通りお隣だつた石井柏亭さんのところの門の中に一トもとの大きないゝ櫻が枝をひろげてゐたのである。わたしはその櫻に愛着を感じた。春になるとわたしは、外出の行きかへりに、どの位もう蕾が大きくなつたか、どの位もう咲きかけたか、たのしみにして毎日、必ず一度はその梢をふり仰いだのである。――ある日、わたしは朝早くうちを出て、日が暮れてから、それがわたしの家へ通ずるたつた一つの道の道灌坂を上つた。電車を下りたときすでにぽつ〳〵ふり出してゐた雨がその前後になつてやゝ強くなつた。わたしは急いだ。さうしてもう一ト足でわたしのうちといふところまで漕ぎつけたとき、何ごころなくわたしは眼をあげた。――その上げたわたしの眼に何が映つたか？……朝出るときまではそれほどまだ眼立たしく感じられなかつた櫻の枝々の、暗い空の下に、ほのかな軒あかりのかげに、しら〴〵と悩ましく、折からのその雨にしツとり泣きぬれてゐたではないか……

（角川書店　現代俳句文学全集
久保田万太郎集所収「春老ゆ」
より）

7 原石鼎《はらせきてい》

1886〜1951

明治十九年（一八八六）七月二日、島根県に生まる。本名鼎。別号蜩坊・鉄鼎など。家は代々医を業とし、父元利の三男。幼少の頃より文章・絵画に才をみせ、歌俳を好んだ。京都医専に入学したが、学業に力が入らず、二年続けて落第し中退、放浪の身となる。四十三年、上京して歯科医院の書生、逓信省貯金局員、電気局の図工等を転々とする。この間、国民俳壇の東洋城を訪ねて俳句を教わる。新聞記者を希望し虚子に紹介を頼んだが諫められて帰国を決意。四十五年、帰郷の途次、奈良の次兄の許に立ち寄り、その医療を手伝うべく深吉野に入る。深吉野の風物はことごとく傷心の石鼎を癒し、俳句に開眼、虚子は豪華跌宕と評してこれを推賞した。大正二年、吉野を去り故郷に帰るが、医を望む父の入れるところとならず流浪。四年、再び上京し「ホトトギス」の編集員となる。六年には東京日々新聞社入社。七年九月、志賀コウと結婚。十年より俳誌「鹿火屋」を発行主宰。十二年の関東大震災により健康を害し、病臥生活が多くなり、二十六年（一九五一）十二月二十日、六十五歳にて死去。句集に『花影』（昭12）、『原石鼎全句集』（平2）ほか。

頂上や殊に野菊の吹かれ居り　大1（『花影』）

谷杉の紺折り畳む霞かな　大2（〃）

山の色釣り上げし鮎に動くかな　大2（〃）

高々と蝶こゆる谷の深さかな　大2（〃）

蔓踏んで一山の露動きけり　大2（〃）

花影婆娑[1]と踏むべくありぬ岨[2]の月　大2（〃）

淋しさにまた銅鑼打つや鹿火屋[3]守　大2（〃）

磯鷲[4]はかならず巌にとまりけり　大3（〃）

(1) すべてのものの打ち乱れた有様を形容する語。ここでは満開の桜が地上に落としている影の形容。
(2) 山の中腹を縫うようにしてつけられている小道。
(3) 山深い里で、山畑を荒らす猪や鹿などを威すために夜通し火を焚いたり、銅鑼を鳴らしたりする番人のいる小屋。鹿火屋は秋の季語。
(4) とび（鳶）の異名でもあるが、ここでは磯にいる鷹の意。
(5) 晩秋、「雁渡し」という風が吹くころ、北方から渡ってくる。秋の気配。
(6) 梟鴟目フクロウ科の鳥。ふっくらとしてまるい目をもつ。猛禽に属し夜間活動する。冬の季語。
(7) 絶句。虚子よりの追悼電報「イツマデモヨシノノハナノキミヲエガク」

父母のあたゝかきふところにさへ入ることをせぬ
放浪の子は、伯州米子に去つて仮の宿りをなす

秋風や模様のちがふ皿二つ　大3（〃）

己《わ》が庵に火かけて見やむ秋の風　大4（〃）

首のべて日を見る雁(5)や蘆の中　大5（〃）

梟(6)淋し人の如くに瞑《つぶ》る時　大9（〃）

白魚の小さき顔をもてりけり　大12（〃）

雪に来て美事な鳥のだまり居る　昭9（〃）

青天や白き五弁の梨の花　昭11（〃）

松(7)朽《く》ち葉かからぬ五百木《いほぎ》無かりけり　昭26（原石鼎全句集）

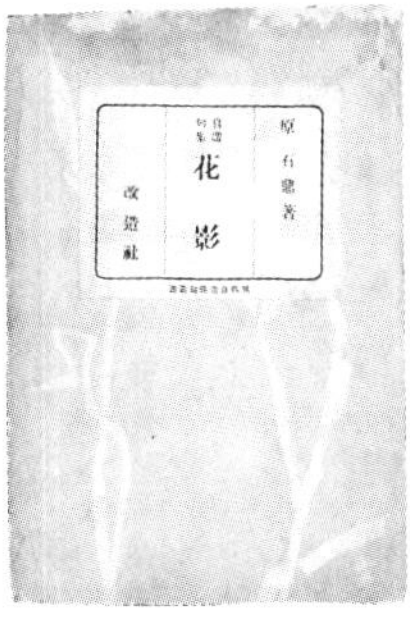

『花影』

原石鼎

高浜虚子

或日君は支那人の着てゐるやうな青色の洋服を着て、頭に電気局の工夫の正帽を冠つて来た。さうして非常に決心したやうな様子で、私は最後の御願があつて来たのであるが、どこか新聞社に周旋して貰ふことは出来まいかと言つた。其後どういふことをして居つたのかと聞いて見たら、歯医者のうちも出てしまつて、所々を放浪した挙句に電気局の図工といふ名義で傭はれて工夫の監役をして居つたのだが、今朝上役と喧嘩をして丁度辞表を出して来たところである。此上は他に方法もないから新聞記者にでもならうと思ふのであるが、周旋して貰ふことは出来まいか、といふことであつた。私は君が熱すれば熱するだけ冷やかに故郷に帰ることを勧めた。(中略)君は憤然として起ち上つて青服の上に電気局の帽子を冠つて靴を穿いて去つた。

其後また打絶えて消息を聞かなかつた。ところが大正元年の夏、君は突然吉野の山奥から手紙に添へて壱円の為替を送つて来て暫く振りにホトヽギスが見たいから最近の数冊を送つて呉れと言つて来た。早速送つたら又間もなく手紙が来た。さうしてそれには雑誌の投稿が這入つてゐた。その句は従前の君の句とは見違へるやうな立派な出来栄えであつた。それから続けて送つて来る句稿はいづれも面白い句を見せてゐた。私は君がどういふ訳で吉野の山奥に居るのであるかを詳かにせず、君もまた其職業を言つて来なかつたが、東京に居るほど苦しくはないから安心して呉れといふやうな事が書いてあつた。君は国に帰る積りで奈良迄行つて其所で医者をして居る兄さんに出会ひ、其すゝめで吉野の山奥に入つて、兄さんの手助けをして居つたといふことは其後君が上京して後に始めて聞くことが出来たのである。それまでは君の方からも話さうとしなければ、私の方からも聞かうともしなかつた。兎に角吉野の山奥に住まつて其天然の刺戟をうけて立派な句を作るといふことはいゝことだと思つた。私の考では若し君の事情が許すならば何時迄も吉野の山奥に居るがよからうと迄考へてゐたのであるが、然し君の事情はさういふ訳には行かず、終に二ケ年とはならぬうちに其吉野を出て、郷里の方に帰つた。杵築、米子等の海辺に一ケ年ばかりを費し、それから又上京するやうになつたのである。上京はもとより私の好まぬところであつたが、君は相談なしに決行して又身の振り方を相談に来た。今後も帰る方がよからうとも思つたが、帰つた所で別に仕方がないといふ事情を聞いて、其後発行所の事務の一端を手伝つて貰つて今日に来たものである。

(以下略)

(『進むべき俳句の道』大7　実業之日本社)

8 飯田蛇笏《いいだだこつ》

1885〜1962

明治十八年（一八八五）四月二十六日山梨県八代郡境川村に生まる。本名武治。明治三十二年山梨県甲府中学に入学。三十五年に退学し文学を志し東京に遊学、三十八年早稲田大学英文科に入学する。高田蝶衣の早稲田吟社に参加して俳句を始め、次いで虚子を知り「ホトトギス」に投句。四十年「国民新聞」の俳句欄に投句、選者は虚子で久保田傘雨（万太郎）と競い合った。四十一年、虚子の「俳諧散心」に参加、蛇笏は最年少であり俳句への情熱をかきたてられた。しかし虚子が小説に専心し「ホトトギス」での選句をしなくなったため俳句への熱意を失う。四十二年（二十四歳）家業を継ぐため学業半ばで帰郷し、以後俳句から遠ざかる。しかし大正元年、虚子が俳壇に復帰し、雑詠欄を復活したことから俳句熱を再燃させ「ホトトギス」の中心作家となった。大正四年「キララ」、のち改めて「雲母」を主宰し終生これを続ける。昭和三十七年十月三日死去。句集に『山廬集』（昭7）、『霊芝』（昭12）、『山響集』（昭15）などのほか『飯田蛇笏集成』（全七巻、平6〜7）がある。

芋[1]の露連山[2]影を正うす　大3（『山廬集』）

死[3]病得て爪うつくしき火桶かな　大4（〃）

流[4]燈や一つにはかにさかのぼる　大9（〃）

富士川舟行

極寒のちりもとどめず巌[5]ふすま　大15（〃）

な[6]きがらや秋風かよふ鼻の穴　昭2（〃）

刈るほどに山風のたつ晩稲[7]かな　昭3（〃）

を[8]りとりてはらりとおもきすすきかな　昭5（〃）

秋たつや川瀬にまじる風の音　昭6（〃）

(1)　里芋の葉にたまった露のこと。露は秋の季語。

(2)　自選自註五十句抄の中で「南アルプス連峰が、爽涼たる大気のなかにきびしく礼容をととのえていた。」と自解している。

(3)　芥川龍之介が、この句を歳時記で発見し激賞したという。彼はこの句境を模して「痰咳の頬美しや冬帽子」と詠んでいるが、蛇笏のこの句の持つ小説性に感動したのだと思われる。

(4)　盆の十六日の夕方、精霊送りと送火を兼ねて行われる行事で、点灯した燈籠を川や海に流したものをいう。秋の季語。

(5)　巨巌のこと。

(6)　「仲秋某日下僕孝光の老母が終焉に会ふ。風蕭々と柴垣を吹き古屏風のかげに二女袖をしぼる」の前書を付す。

(7)　早稲に対する晩稲の意で、霜の降りるのも近い晩秋に収穫される。秋の季語。

(8)　山本健吉はこの句を「視覚的な美しさが、すべて重量に換算され、折り取った瞬間のずしりと響くような重さを全身で感じ取ったような感動

くろがねの秋の風鈴鳴りにけり(9)　昭8（『霊芝』）

秋風(10)やみだれてうすき雲の端　昭8（『旅ゆく諷詠』）

雪山を匐ひまはりゐる谺かな　昭11（『霊芝』）

高原盛夏

夏雲むるるこの峡中に死ぬるかな　昭14（『山響集』）

冬滝のきけば相つぐこだまかな　昭17（『心像』）

降る雪や玉のごとくにランプ(11)拭く　昭24（『雪峡』）

炎天を槍のごとくに涼気すぐ　昭29（『家郷の霧』）

寒雁のつぶらかな声地におちず　昭33（『椿花集』）

がある。」（『現代俳句』）と評している。

(9) 自註に「山廬書斎の軒に四時一個の風鈴が吊られてある。本居鈴廼舎の鈴を真似たわけでもなんでもなく、往年市で非常に良い音の風鈴を見ながら購めてきた。（略）秋の生命。」とある。

(10) 「出廬」の前書きを持つ。「この年また足尾から日向方面へ旅行した。（略）旅立ちの何か古人の心に通うような一抹の哀愁。」と自註。

(11) 電燈のつかない時代には、ランプは毎日拭くものとされていた。「降る雪」が、老蛇笏に旧習を思いつかせたのであろう。

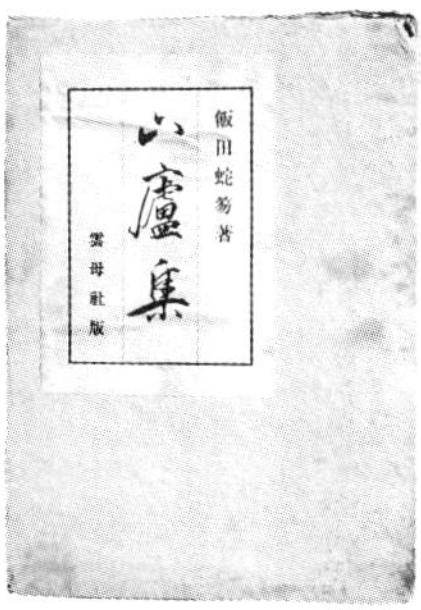

『山廬集』

「山廬」序

なにが世のなかで最も地味な爲事かといつて――俳句文藝にたづさはるほど地味なものは外にあるまいと思ふ。芭蕉の生活をながめてみても、彼が自家の集を生やうのうち一つさへ出版してゐなかつたといふことを思ふても、實にうちしづんだ極端なものである。しかしながら、そのおもてにあらはれたところは其麽果敢なげな深沈たるものであつたに違ひないにしても、彼の心のゆたかさに想ひ及ぼすとなると、必ずしも外面に打ち見られるやうなものではなかつたと思ふ。私は、少年の頃からそれを古金襴を見るやうな氣持ちでながめて來た。いつしか、自分の生活がその古金襴のくすんだ微光を追ふて、俳句生活に入つてゐることが自覺された。

　つもりにつもつた自分の作句を一巻にして上梓しやうとするに至つてゐることを見ても、最早争ふべからざる事實である。

　芭蕉などの時代からみると、我々が現代に生をうけて、俳句の生活に入つてゐることが、可成り幸福を感じさせられることは瞭らかである。けれども、恁うした句集出版等について、いくぶん幸福を感ずるとはいふものゝ、爲事そのものに就て思ふ時、一生に果たしてどれだけのものがのこされてゆくか、おそらく多量のものではないことも瞭らかである。その點、いづれの文藝作でも然うに違ひないのだが量より質であるべき殊に此の爲事の果敢なげなことに於て、いつの時代でも變りがあるべきではないことを痛感する。

山廬夕景

　山廬屋後の渓流に沿うて竹林がつづいてゐる。竹林の切れ間二三段歩とおぼしい地域が荒畑となつて、其處には桑、桐、孟宗竹、栗苗、欅苗のたぐひが秩序なく植ゑられてある。（略）

　夕暮、ふところ手をしながら荒畑を漫歩したりしてゐると、谿空に高くそびえた欅の枝に、靜かにとまつてゐる木兎の影をみとめることがある。よく眼をとめて、其處此處をながめると、かしこの枝にもここの枝にもあまたの木兎がその特異な姿をやどしてゐる。橙色に澄んだ初秋の月光が流れて彼女を照らす。最も長く谿へ垂れた枝からかろく浮び上つた一羽が、しばらく潤い谿空を翔けて高い枝へ落着くと、曩から其處にとまつて居た一羽が、忽ちまた枝をはなれて空を翔ける。なごやかな月影に微光を帯びて翔ける木兎のさまが、この夕暮を、享楽のかぎりを盡さうとするもののやうに見える。

　木兎を仰ぐ山廬のあるじの額にも亦しづかなる月光が流れてゐるのである。

（随筆集『穢土寂光』所収「夕景」より）

9 前田普羅《まえだふら》

1884～1954

明治十七年（一八八四）四月十八日、東京に生まる。本名忠吉。別号清浄観子。父丑松、母せりの長男。開成中学を経て、早稲田大学文学部英文科中退。スタンダード石油会社や横浜裁判所に勤め、明治四十三年、前田ときと結婚。大正五年時事新報社に入社、後報知新聞記者となり、小説も書いたりした。俳句は中学時代から始め、大正元年、「ホトトギス」に初投句、二年三月には早くも巻頭を得るなどたちまち頭角をあらわした。虚子は「大正二年の俳句界に二の新人を得たり曰く普羅、曰く石鼎」と記して称揚。大正初期俳壇の一異彩として、鬼城・蛇笏・石鼎と並んで四天王の一人に数えられた。十二年の関東大震災で家財蔵書を焼失、十三年報知新聞富山支局長に赴任、昭和四年退社。以後「辛夷」の主宰者として俳句一筋の生活に入った。二十年の富山空襲により再び家財蔵書を失う。二十四年富山を去り、奈良・東京・川崎と転々、その頃より腎臓病のため病臥生活を送り、二十九年（一九五四）八月八日、脳溢血で死去。六十九歳。句集に『普羅句集』（昭5）、『新訂普羅句集』（昭9）、『春寒浅間山』（昭21）、『定本普羅句集』（昭47）など。

向日葵の月に遊ぶや漁師達　大1（『普羅句集』）

面体《めんてい》をつゝめど二月役者かな　大2（〃）

春雪の暫く降るや海の上　大4（〃）

雪(1)解川名山けづる響きかな　大4（〃）

夜長人耶蘇をけなして帰りけり　大5（〃）

春(2)更けて諸鳥啼くや雲の上　大9（〃）

寒雀身を細うして闘へり　大10（〃）

如月の日向をありく教師哉　大10（〃）

(1)　三、四月ごろ山々の雪解け水で川の勢いは一時に募る。春の季語。
(2)　春が更けわたってきた時をいう。春深む。晩春の季語。
(3)　富山県の西南に位する大山嶽、海抜三千十メートルの雄山を主盟とし、浄土山・別山の三峰から成る。
(4)　オリオン星座。巨人の狩人としてギリシャ神語に出てくる。春は真夜中を待たず八時ごろ中天にかかる。
(5)　長野県南部、木曽山脈の主峰。海抜二千九五六メートル。
(6)　南アルプスの主峰白根三山を遠望して称した普羅の造語。北岳・間ノ岳・農島岳の三峰つらなり、最高の北岳は海抜三千一九二メートル。
(7)　大霜のこと。強霜ともいう。冬の季語。
(8)　ハスの花、八枚の花弁をもつ。
(9)　長野県諏訪・北佐久両郡および山梨県北巨摩の三郡にまたがる巨大な円錐状休火山。赤岳（二千八九九メートル）を最高峰として、硫黄岳・横岳・権現岳など八峰が連なる。
(10)　長野県・群馬県にまたがる三重式の活火山。海抜二千五四一メートル。

立山[3]のかぶさる町や水を打つ　大14（『普羅句集』）

オリヲン[4]の真下春立つ雪の宿　大15（『普羅句集』）

山吹や根雪の上の飛騨の径　昭7（『新訂普羅句集』）

駒ヶ嶽[5]凍てゝ巌を落しけり　昭11（『定本普羅句集』）

奥白根[6]かの世の雪をかゞやかす　昭11（〃）

霜つよし[7]蓮華[8]とひらく八ケ嶽[9]　昭11（〃）

春星や女性《によしよう》[10]浅間は夜も寝ねず　昭16（『春寒浅間山』）

雪の夜や家をあふるゝ童声　昭22（『定本普羅句集』）

『能登蒼し』序

前田普羅

日本人は裏日本に関しては多くを知らない、其ればかりで無く裏日本の国々が日本の生活に、大きな役割を果たして居るのにも気付かない、忘れて居るのではなく、全く知らないのだ、又知らうとも仕ない。（中略）

関東大震災の翌年五月、私は任務で越中に来ることになつた、赴任下相談は僅かに五分間ですみ、翌日横浜を発ち越中に来た、相談に要した五分間は、あまりにも自分の運命を決するには、短か過ぎたかも知れないが、五分間に自分の眼底に去来したものは、荒涼たる能登の国であり、雪をかづいた立山であり、また黒部の峡谷であつた、次いでまだ鉄道も通つてゐない飛驒の国なのであつた、実は五分間の考慮も長過ぎた、長過ぎた五分間は、自分がそれ等の山海峡谷の姿を、眼底に反芻するのに要した時間なのであつた。（中略）

能登は雪を知らずに済ませる場合が有り得るのだ。富山湾に雪雲が沸き立つ時、雲の絶間からチラリと能登が見え、明るい冬日の下に僅かに雪をのせ得た宝立山（四六九ｍ）を頂上とした、台地のやうな珠洲郡が積水のはるかに横はるのが見られる、雪に関する此の性格は、珠洲郡に限られるのでなく、能登とし云へば、能登が加賀に接する羽咋《はくい》郡の南部にでも、また前に云つた通り、越中に属する氷見郡にでも発見されるのである、北に断岸と曲浦の継がる氷見郡を、能登国境に近く歩む人は、次第に雪が軟かくなるのを経験するだらう、日本の神話が構成された、南方日本の舞台装置にそつくりな、楠の巨幹や、椿の原始林を潜らなければなるまい。断崖は海桐《とべら》が常緑をかざり、海面には、春ならば何処からとなく飛んで来た桜の花片が浮き、干満のない日本海の好みに随つて、幾日も幾日も漂つて居るのを見ることも出来る。

冬、能登の北端、輪島崎の岩頭に立てば、乾いた冷たい風は、堰を切つた水の如く人の面を突き、能登の海は遠い沖から白浪を蹴立て、岬を目ざして押して来る、海は雪雲のない青空を映して底まで青く、浪が岸近く翻へる時には海水を透してゞなく海底が見られるのだ、また輪島町の西にある小さな湾、……（光浦）……の如きは此の風が押す一つのウネリで一ぱいにさえなる、輪島町は輪島崎のために強い西北風を避けつゝ、古来漆器を作りつゞけて居る、漆器づくりは、清浄を極めた一塵も許さない工房の中で、漆の上に金銀の蒔絵をほどこし、夜のやうに闇い漆の面に星の如くに青貝をちりばめる、そうしてこれ等の工人の間には俳句が永い伝統をもつて居る。（以下略）

（『能登蒼し』昭25　辛夷社刊）

10

村上鬼城《むらかみきじょう》

1865～1938

慶應元年（一八六五）五月十七日、鳥取藩江戸屋敷に生まる。本名壮太郎。鳥取藩士小原平之進の長男として生まれたが、明治八年母方の村上家を相続。父が高崎裁判所に勤務となり高崎に住む。耳疾により軍人志望を断念、十七年上京して明治義塾法律学校・和仏法律学校に法律を学んだが、これも耳疾のため司法官を諦めて、二十七年高崎裁判所代書人となる。大正四年聴覚不自由のため同職を免ぜられたが、小野蕪子らの助力で翌年復職。明治二十八年、子規に俳句作法に関する質問の手紙を送り、その返信を得たことから作句熱を高め、「ホトトギス」等に投句。子規亡きあとは虚子に師事、とりわけ明治四十五年、虚子の俳壇復帰後は「ホトトギス」雑詠欄に投句、飯田蛇笏・原石鼎らとともに守旧派時代の代表作家となった。大正四年、富田うしほの「作楽俳壇」の選者となり、さらに「山鳩」「奔流」などの選を担当した。境涯俳句に独自の境地をひらいた。昭和十三年九月十七日死去。句集に『鬼城句集』（大正六年版・十五年版）、『続鬼城句集』（昭８）、『定本鬼城句集』（昭15）、『村上鬼城全集』（全三巻、昭49）等がある。

雹晴れて豁然とある山河かな　大2（『定本鬼城句集』）

川底に蝌蚪の大国ありにけり　大2（〃）

夏草に這ひ上りたる捨蚕かな　大3（〃）

冬蜂の死にどころなく歩行きけり　大3（〃）

痩馬のあはれ機嫌や秋高し　大3（〃）

小春日や石を嚙み居る赤蜻蛉　大3（〃）

生きかはり死にかはりして打つ田かな　大4（〃）

みづすまし水に跳つて水鉄の如し　大4（〃）

(1) 夏、雷雨を伴って降る氷塊で農作物に被害を与えることが多い。夏の季語。

(2) 眺望のうちひらけたさま。

(3) おたまじゃくし。春、産卵後十日ぐらいで孵化し、真っ黒になって群接する。春の季語。

(4) 絹糸をとるために飼育されている蚕であるが、病気の蚕は、病蚕とい い捨てられる。春の季語。

(5) 小春とは陰暦十月の異称であるが立冬を過ぎてつゞく暖かい日和を小春日、小春日和という。冬の季語。

(6) 稲を刈ったあと、そのままにしてあった田を春になって鍬で打ち返すこと。春の季語。

(7) 立春から第五の戌（いぬ）の日に飲む酒。この日に酒を飲むと聾が治るという。春の季語。

(8) 鬼城自身が耳疾で苦しんだ境涯から、不幸な小動物を慈しんだ句が多い。

(9) 雄鶏を闘わせて勝負する遊び。古く平安時代から宮中で盛んに行われてきた。春の季語。

親よりも白き羊やけさの秋　（大4 〃）

花ちるや耳ふつて馬のおとなしき　（大5 〃）

治聾酒[7]の酔ふほどもなくさめにけり　（大5 〃）

春寒やぶつかり歩行く盲犬[8]　（大6 〃）

闘鶏[9]の眼つむれて飼はれけり　（大6年以前 〃）

街道をきち〱と飛ぶ螇蚸かな　（大7 〃）

残雪やごう〱と吹く松の風　（大15 〃）

鷹のつらきびしく老いて哀れなり　（昭7年以前 〃）

『鬼城句集』

鬼城より子規あて書簡の草稿

謹デ書ヲ子規先生ノ閣下に呈ス
生ハ碌々タル法学ノ一書生　少クシテ文学ヲ好ム　然レドモ漠然文学ト云フ如キハ固ヨリ生等ノ能シ得ザル処　セメテ詩歌ノ一端ナリトモ窺ヒ知ランモノト存候ヘ共　従来ノ詩歌ノ如キハ　何トナク貴族的ニテ酷ニ云ヘバ生等ノ実際ニ適セズ　之ヲ聞ク俳句ナルモノ平民的ニシテ而モ興味深々タル文学ナリト　於此テ生ヤ俳句ヲ学バントノ念勃々タルモノアリ

（略）

熟思意ヲ決シテ先生ノ教ヲ乞フ
先生幸ニ明教ヲ垂レ玉ワンコトヲ

（略）

一　俳句ヲ学ブハ如何　多読多講多作多改ト詩佛先生作詩ノ秘訣ハ即チ以テ直ニ此ニ適用スベキニ似タリト雖モ詩歌ト俳句トハ独立ニシテ特別ナル作法妙味ノ存スルアルハ之ヲ知ルニ難カラズ　然ラバ斯道ニ進ムモノハ特別ナル教ヲ受ケザルベカラザルニ似タリ
（イ）先ヅ俳句一般ノ作法ハ如何
（ロ）先人ノ足跡ヲ尋ヌルハ自然ノ道ナルベキモ生等書生ニ最モ適切ナルハ何人ノ書ナルヤ
（ハ）先生ハ所謂三界ノ劇職ナル新聞事業ニ御従事ノ御身ノ上ナラバ　実ニ御寸暇モ有ル間敷奉恐察候ヘ共一年ノ御間暇ノ時ニ於テ御叱正被下置候儀ニハ相成ズ候ヤ

（略）

右生上京御願可申上ハ礼ナレドモ貧生ノ身分失礼恐入候ヘ共乍唐突御願申上候

正岡子規発信　村山鬼城宛

拝復　芳墨ヲ辱ウシ雀躍ニ堪ヘズ下問ニ逢ヒ卑見ヲ吐露ス固ヨリ浅学蒂才過誤定メテ多カラン諒セヨ

（略）

一　俳句ヲ学ブハ古人ノ名句を読ムコト（一）自ラ多ク作ルコト（二）他人の批評添削ヲ乞フコト（三）ノ三事ニ出デズ
一　古人ノ名句ヲ見ント欲セバ俳諧七部集故人五百題蕪村七部集等ヲ善シトス天保以後ノ書ハ卑俗見ルニ堪ヘズ
一　自ラ多ク作ラント欲セバ天下幾多ノ事物（殊ニ風景）ヲ実見シ之ヲ写生シ或ハ之ヨリ起ル所ノ空想ニヨリテ拈出スベシ
一　生譾劣浅識妄リニ大人ノ句ヲ評スルハ僭越ヲ免レズ然レドモ玉稿ヲ得テ愚評ヲ呈スルハ敢テ辞セズ

（略）

小生今近衛従軍之目的ヲ以テ当広島表記滞在罷在候故ニ御返事意ニ任セズ候他日皇軍勝テ我等亦凱旋スルヲ得バ其時ニハ御風交被下度奉願候
已上

三月二十一日　常　規

村上先生　几下

（あさを社『村上鬼城全集創作俳論篇』所収）

11 種田山頭火《たねださんとうか》

1882～1940

明治十五年（一八八二）十二月三日、山口県に生まる。本名正一。別号田螺公。父竹治郎、母フサの長男。父は大地主であったが素行乱れ、明治二十五年、母は十一歳のとき自宅の井戸に投身自殺。三十四年、山口中学を卒業し上京、東京専門学校高等予科を経て、早稲田大学文学部に入学したが神経衰弱で退学、帰郷して父と酒造業を営む。俳句は明治四十四年から定型俳句を始め、大正二年、荻原井泉水に師事し「層雲」に出句。五年、種田家破産。熊本に移り額縁店を営むが、妻子と別れて上京。職を転々、十二年、関東大震災に遭い熊本に帰る。翌十三年自殺未遂、これを機に曹洞宗報恩寺の望月義庵を師として出家得度耕畝と改名。瑞泉寺（味取観音）の堂守となり句風が一変した。十五年、山林独居に堪えかね行乞流転の旅に出る。一時山口県小郡町其中庵、山口市湯田風来居に庵を結ぶ。その間九州、四国、中国路を行脚し多くの日記と句を残した。十四年、松山の一草庵に入り、翌十五年（一九四〇）十月十一日、五十九歳にて死去。自選句集『草木塔』（昭15）、紀行『愚を守る』（昭46）、『定本山頭火全集』（春陽堂　全七巻　昭47～48）など。

松[1]はみな枝垂れて南無観世音　大14（『定本種田山頭火句集』）

大正十五年四月、解くすべもない惑ひを背負うて、行乞流転の旅に出た。

分け入つても分け入つても青い山　大15（〃）

放哉[2]居士の作[3]に和して

鴉啼いてわたしも一人　大15（〃）

へうへうとして水を味ふ　昭2（〃）

ほろほろ酔うて木の葉ふる　昭4（〃）

まつたく雲がない笠をぬぎ　昭4（〃）

自嘲

うしろすがたのしぐれてゆくか[4]　昭6（〃）

鉄鉢[5]の中へも霰　昭7（〃）

(1)「大正十四年二月、いよいよ出家得度して、肥後の片田舎なる味取観音堂守となつたが、それはまことに山林独住の、しづかといへばしづかな、さびしいと思へばさびしい生活であつた」の前書がある。

(2) 自由律俳人尾崎放哉。放浪の果てに大正十五年四月七日、伊豆島の南郷庵で没した。

(3) 放哉の句。「鴉がだまつて飛んで行つた」

(4)「昭和六年、熊本に落ちつくべく努めたけれど、どうしても落ちつけなかつた。またもや旅から旅へ旅しつづけるばかりである。」の前書がある。

(5) 僧が托鉢の時などに、食物を受けるもに用いる鉄の容器。

(6)「やっぱり一人はさみしい枯草」の作もある。

(7) ヤブコウジ科の常緑の小灌木で、山林の湿地に自生する。実は熟して真紅になる。

(8) 五月十一日、軽井沢方面を歩き、十二日、旧道碓氷越え、松井田町、御代田を歩き、五月十四日に、平原の甘利宅に落ち着いている。

(9) 名前はフサ、明治二十五年三月六

やつぱり一人がよろしい雑草[6]　昭8（〃）

藪柑子もさびしがりやの實がぽつちり[7]　昭9（〃）

信濃路[8]

あるけばかつこういそげばかつこう　昭12（〃）

母の四十七回忌[9]

うどん供へて、母よ、わたくしもいただきまする　昭13（〃）

野宿

枯草しいて月をまうへに　昭14（〃）

帰居[10]

こしかたゆくすえ雪あかりする　昭15（〃）

一洵君に

おちついて死ねさうな草萌ゆる[11]　昭15（〃）

仲秋明月

蚊帳の中までまんまるい月昇る　昭15（〃）

日自宅の井戸に投身して自殺した。

(10) 前年の十二月十五日に一洵が世話した一草庵（松山市御幸町御幸寺門外に庵）。

(11) 「わが庵は御幸山裾につづくまり、お宮とお寺とにいだかれてゐる。老いてはとかく物に倦みやすく、一人一草の簡素で事足る、所詮私の道は私の愚をつらぬくより外にありえない」の前書がある。

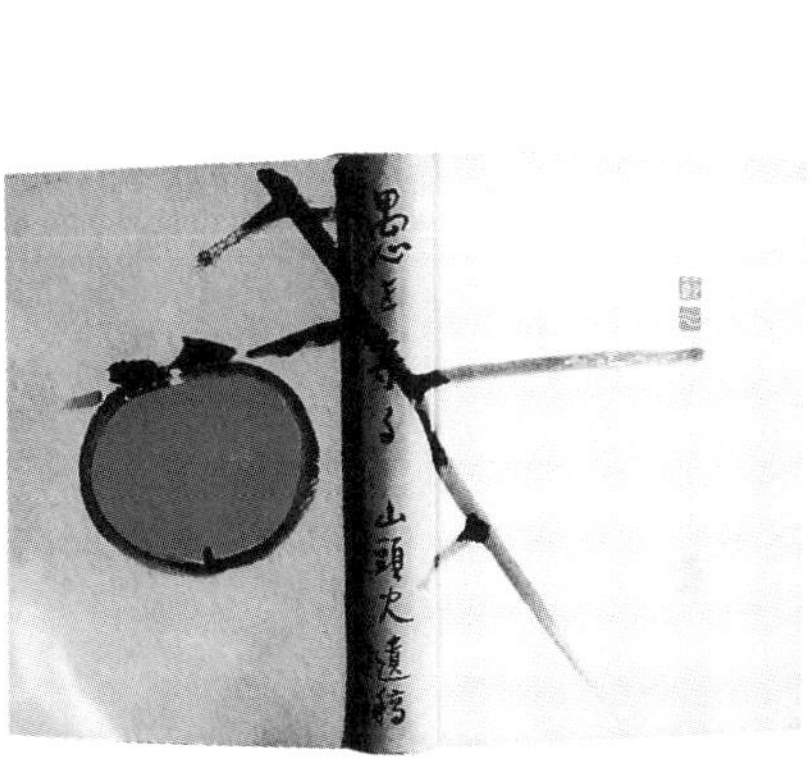

『愚を守る』

其中日記（六）

種田山頭火

三月三日（昭和十二年）　雨

春雨だ、間もなく花も咲くだらう。

亡母祥月命日。

沈痛な気分が私の身心を支配した。

……私たち一族の不幸は母の自殺から始まる、……と、私は自叙伝を書き始めるだらう。……

母に罪はない、誰にも罪はない、悪いといへばみんなが悪いのだ、人間がいけないのだ。……

身辺整理。

矛盾は矛盾として。……

何事も天真爛漫に、隠さず飾らず、ムキダシで生きてゆけ。
□物そのものになりきれ。
　虚無ならば虚無そのものに。
□自然そのものをそのまゝ味はひ詠ふ。
□表現は現象を越えてはいけない。
□表現は現象に留つてゐてはいけない。
　この矛盾が作家の真実で解消する。
□感覚を離れないで感覚以上のものを表現する。
それが作家の天分と努力とによつて可能となる。

三月四日　曇

身心平静。

三月五日　晴

外は春、内は冬。

三月六日　曇

雪もよひが雨になつた。

　椿赤く思ふこと多し

三月七日　晴。

茫々たり漠々たり、老衰あきらかなり。

緑平老よ、ありがたうありがたう。

五日ぶり外出、四日ぶり喫煙、七日ぶり飲酒、十日ぶり入浴。――

三月八日――曇。

沈鬱たへがたし。

Nさん来訪、同道して山口へ。二人の無用人！　Mさんのところで少し借り、それから飲み歩く、九州へ渡れるだけは残して。門司駅の待合室で夜明かし、竕水君を訪ねて小遣をせびり、黎坊に送られて八幡へ。


（以下略）

（『山頭火の本9』昭50　春陽堂書店）

12 杉田久女《すぎたひさじょ》

1890〜1946

明治二十三年（一八九〇）五月三十日鹿児島に生まる。本名久子。赤堀廉蔵母さよの三女。大蔵省事務官であった父に従って琉球・台湾で小学校時代を過ごす。のち東京に移り、明治四十一年御茶の水高女を卒業。翌年美校出の画家杉田宇内と結婚、夫が小倉の中学に図画教師として赴任のため小倉に転住。大正五年二十五歳の時兄月蟾に勧められて句作を始め、七年「ホトトギス」雑詠に初入選。このあと病気と家庭不和のため句作から遠ざかるが、昭和二年ころから俳句に復活。四年「ホトトギス」四百号記念大会に出席、七年に「ホトトギス」同人となる。同年俳誌「花衣」を創刊主宰し、隔月発行するも五号で廃刊する、久女の強い個性と俳句への偏執ともいえる情熱が災いして、十一年虚子により「ホトトギス」同人を除名され、以後俳句と絶縁する。晩年は強度の精神衰弱に陥り、太宰府の病院で昭和二十一年一月二十一日死去。七周忌にあたる昭和二十七年娘石昌子の手により、虚子の選を経た六〇〇〇句のうちから一五〇〇句の再選をうけ『杉田久女句集』（昭27）の外に『杉田久女全集』（全二巻、平元）がある。

花衣(1)ぬぐやまつはる紐いろ〳〵　大8（『杉田久女句集』）

葉鶏頭のいただき躍る驟雨(2)かな　大9（〃）

紫陽花(3)に秋冷いたる信濃かな　大9（〃）

足袋つぐやノラ(4)ともならず教師妻　大11（〃）

朝顔(5)や濁り初めたる市の空　昭2（〃）

夕顔を蛾の飛びめぐる薄暮かな　昭3（〃）

春蘭や雨をふくみて薄みどり　昭5（〃）

英《え》彦《ひこ》山(6)

谺して山ほととぎすほしいまゝ　昭6（〃）

(1) 花見に行くときの女の晴れ着をいう。春の季語。

(2) 急に降り立し、間もなく止んでしまう雨。夕立。夏の季語。

(3) この年久女は父の納骨に際し、母兄弟姉妹と共に信州松本に集まったが、過労から発病、二三ヶ月この地に滞在した。

(4) イプセンの戯曲「人形の家」のヒロイン。一個の独立した人間として生きようとする新しい女性の典型とされる。

(5) 北九州工業地帯の一角、小倉堺町に住んでいたころの作。

(6) 福岡県と大分県にまたがる山。海抜千二百メートル。ひこさん。

(7) 四月八日に釈迦の降誕を祝して行う法会。潅仏会。春の季語。

(8) 八重中輪、紅色の花びらの先が真白になっている美しい桜。春の季語。

(9) うすもの。薄く織った織物。紗、絽の類。それで作った夏用の衣服。夏の季語。

(10) 菊の花を干して詰めた枕。邪気を払うという。この菊枕は虚子に贈るためのものであった。秋の季語。

(11) 大分県宇佐市にある本官幣大社。全国八幡宮の総本社で、古来尊崇さ

ぬかづけばわれも善女や仏生会[7]　昭7（〃）

八幡公会クラブにて

風に落つ楊貴妃桜[8]房のまゝ　昭7（〃）

羅[9]に衣《そ》通る月の肌かな　昭7（〃）

白妙の菊[10]の枕をぬひ上げし　昭7（〃）

椅子涼し衣《そ》通る月に身じろがず　昭8（〃）

宇佐神宮[11]

丹の欄にさへづる鳥も惜春譜　昭8（〃）

防人《さきもり》[12]の妻恋ふ歌や磯菜摘む　昭9（〃）

出生地鹿児島

朱欒咲く五月となれば日の光り　昭9（〃）

れた。豊前国一の宮。

(12) 奈良時代、多くは東国から徴発されて筑紫・壱岐・対馬など北九州の守備にあたった兵士。

『杉田久女全集』

杉田久女日記

昭和八年三月二十日。彼岸入

自分は此運命をとほしてどうか全俳壇に貢けんしたい。ざっしは出さないから他のてきぎな方法をもて。自己の人格完成の為め苦難が何だ。只自信もて立て。光子遊学中の三年間は世とたち、習字と芸術著作等自分も勉強して暮さう。一点に集注すべし。

三月廿二日。

光子の遊学問題を中心として、夫との争ひますく〲深刻。金も百円以上に入用なのに、夫はがみく〲叱言と朝夕の怒罵叱言のみにて、一銭も出してくれぬから私はしかたないなけなしの預金をはたいて皆出してやらねばならぬ。私はどこ迄も光子の味方だ。いのりてすゝむ所、よき方法あらんか？

短冊著作は或は金銭をうる資ともならんか？　自分の前歯はかけたまゝなれど一銭もない。

無限の淋しさ。私は始終最後を自殺でとぢ様と考へ出す程幽うつで孤どくで寂ばくだ。

しかし又地上の悲しみ孤独不満、幸福もたぬ私ゆゑに、宗教をおもひ俳句をおもひ、理想をおもひ芸術を、永遠を。

四月二日。

仕事と俳句。子。必らず完成せよ。世とた（絶）ちて。世とたちて、彼らとたちて!!

私は今何も求めてはいない。肉慾も恋愛もとみも。地位も只げいじつと子と、誠じつ。しかし又自分が安心立命して、どうか人を救ひたい。安心立命して、人をも救ふかがやきがほしい。

四月二十四日。

石橋先生より王羲之の淳化閣帳おおくり下さる。立派なもの也。うれしきこと限りなし。人様よりうける情けのふかさ。何をなげくぞ久女よ。毎月おくらるゝ雑誌、本は皆他人様の芳情ならずや。

晴。花ぐもり。花も八重盛りすぐ。光子をおもふ。淋し。夕ぐれ厨にはたらく時など。淋しけれど子の為め生きねばならぬ。しみじみ死をおもふ日もあれど。つよくならねば！

はりもない。たのしみもない、愛もない生活。只子を恋い、俳句のみ。

四月三十日。

一切をたちまっしぐらに我芸術へすゝみ、小さいものでも生命を打こみ、そしていさぎよく目下の生活から死へ解放されたい。真剣にならう。死か離婚か、道は一つだ。しかし私は光子の母として死ぬ方をえらびたい。死して一粒の麦死して多くの種が生ひ出るならば。

（角川書店「杉田久女読本」）

13 水原秋桜子《みずはらしゅうおうし》

1892～1981

明治二十五年（一八九二）十月九日東京生まれ。本名豊。父水原漸、母治子。別号白鳳堂・喜雨亭。一高、東大医学部を卒業、大正十五年医学博士となる。産婦人科病院の経営とともに、昭和七年宮内省侍医療御用掛を勤めた。一高時代から窪田空穂について短歌を学んだが、松根東洋城に俳句の指導を受け、その主宰誌「渋柿」に静夏の号で投句。大正十年に「ホトトギス」に投句、四月号に初入選、五月から「ホトトギス」例会に出席、高浜虚子の指導を受けた。大正十一年、中田みずほの提唱により東大俳句会を復活、山口誓子の参加もあって活気を呈し、作品発表の場として「破魔弓」を四月に創刊した。大正の終わりから昭和の初めにかけて「ホトトギス」雑詠欄で活躍し、誓子・青畝・素十とともに四Sと称された。昭和六年「ホトトギス」を離れ、「馬酔木」（「波魔弓」を改題したもの）十月号に「自然の真と文芸上の真」を発表して新興俳句の口火を切った。日本芸術院賞受賞、芸術院会員。昭和五十六年七月十七日死去。句集に『葛飾』（昭5）、『新樹』（昭8）などのほか『水原秋桜子全集』（全二十一巻、昭53～54）がある。

高嶺星[1]蚕飼《こかい》の村は寝しづまり　大14（『葛飾』）

葛飾[2]や桃の籬[3]も水田べり　大15（〃）

桑の葉の照るに堪へゆく帰省[4]かな　大15（〃）

啄木鳥や落葉をいそぐ牧の木々　昭2（〃）

百済観音[5]

春惜むおんすがたこそとこしなへ　昭2（〃）

再び唐招提寺[6]

蟇《ひき》ないて唐招提寺春いづこ　昭3（〃）

寒鯉を真白しと見れば鰭の藍《あい》　昭10（『秋苑』）

雪渓[7]をかなしと見たり夜もひかる　昭10（〃）

(1) 高嶺の空にかがやいている星の意味。枯木星などと同じ造語法。

(2) 隅田川以東の地を広く指すが、秋桜子の句の中では市川の真間あたりに限定している。

(3) まがき・竹・柴などを粗く編んでつくった垣。

(4) 暑中の休暇を利用して学生や勤め人が故郷に帰ること。夏の季語。

(5) 法隆寺に伝来する長身の木彫彩色観世音菩薩立像。一木造りで、飛鳥時代の代表的彫刻。

(6) 奈良市にある律宗の総本山。天平宝字三年（七五九）唐僧鑑真が戒律道場として創建した寺。

(7) 「肩の小屋にて」の前書きをもつ。乗鞍岳に登った時の作品。

(8) 和歌山県東牟婁郡那智勝浦町にある山。その南腹にある那智の滝は、落差約一三〇メートルで、那智四十八滝のうち最大の滝。

(9) 那智の滝の周囲に聳える杉木立の青さを言ったもの。秋桜子の造語。

(10) 山形県の南境飯豊山および吾妻火山群に源を発し、米沢・山形・新庄の各盆地を流れ、庄内平野を経て酒田市で日本海に注ぐ川。

会津常勝寺

しぐれふるみちのくに大き仏あり　昭10（『岩礁』）

雨に獲し白魚の嵩《かさ》哀れなり　昭23（『霜林』）

冬菊のまとふはおのがひかりのみ　昭23（〃）

落葉焚くけむりまとひて人きたる　昭23（〃）

奥多摩吉野村

吊橋や百歩の宙の秋の風　昭24（〃）

萩の風何か急《せ》かるゝ何ならむ　昭25（『残鐘』）

那智山(8)

滝落ちて群(9)青世界とどろけり　昭29（『帰心』）

(10)最上川秋風簗に吹きつどふ　昭31（『玄魚』）

『南風』

再版本『葛飾』

「葛飾」序

私は俳句修行の道において最も良き師と最も良き友達の多くを持っていた。この集のうち少しでも価値あるものありとすれば、それは全く師友の賜である。そして私はそういう環境の中にあって勉強した作者自身の感懐をここに少しく物語ってみたいと思う。

我等の信ずる写生俳句の窮極は一にして二はない。しかしながらその窮極に達せんとして作者等がとるべき態度は大別して二つあるということができると思う。その一は自己の心を無にして自然に忠実ならんとする態度、その二は自然を尊びつつもなお自己の心に愛着をもつ態度である。第二の態度を持して進むものは、まず自然を忠実に観察する。そして句の表には自然のみを描きつつ、なお心をその裏に映し出さんとする。勢い調べを大切にするようになるのである。

この二つの態度を持して進む人々は、互いに新研究を発表し合いつつ次第に我等の俳句を向上せしめて来た。また未来も勿論そうなくてはならぬ——例えば、ある時代は第一の態度の作者達によって代表された。次に新しき何ものかを加えた第二の態度の作者達が代って時代を掌握した。更に第一の態度の作者達は自然観察を一段深めた作を発表しはじめる。その時第二の態度の作者達は更に心境を深め、これを表わす調べを研究しつつあるというように。

私は第二の態度をとる作者の一人であった。それ故に俳句を志してから五年の間はほとんど心を無にして自然に接することをつとめた。しかる後自然描写の上に如何にして感情を移すべきかに心を労しはじめたのである。

虚子の「葛飾」評

発行所には虚子がひとりでゐた。原稿をさし出すと、それを受け取つたのち「葛飾の春の部だけをきのふ讀みました。その感想をいひますと……」ここで一寸言葉をきつたのち「たつたあれだけのものかと思ひました」と言った。私は「まだまだ勉強がたりませんから」と答へたが、心の中では、やはり想像してゐた通りだと思つた。これは客観写生に對する私の考えのちがひ方、句評會の空気の息苦しさに對する反撥——その他が積もり積つた結果だらうと考へられた。だからこれはむしろ當然のことなので、私にはあまり刺戟を感じない言葉であつた、虚子はまたしばらく默つてゐてから

「あなた方の句は、一時どんどん進んで、どう發展するかわからぬやうに見えましたが、この頃ではもう底が見えたといふ感じです」と言った。これもまさにその通りかもしれないと、私は心の中で苦笑をしながら返事をしなかつた。

（「高濱虚子」所収）

14 山口誓子《やまぐちせいし》

1901〜1994

明治三十四年（一九〇一）十一月三日、京都に生まる。本名新比古。父新助、母岑子の長男。外祖父脇田嘉一に養われ、少年時代を樺太で過ごす。大正六年、大泊中学より京都府立一中に転校、八年、三高文科乙類に入学。翌九年、草城・野風呂の指導する京大三高俳句会に出席、「京鹿子」「ホトトギス」に投句。十一年、東大法学部入学。秋桜子らと東大俳句会を復活、虚子に師事し秋桜子・青畝・素十と並び四Sと称される。十五年、東大を卒業後大阪住友本社に入社。昭和三年、波津女（浅井啼魚長女）と結婚。四年、ホトトギス同人。この頃より言語による俳句世界の構成を試み、内面の虚無感の表出を試みる。十年、「馬酔木」に加盟。十六年、肺結核長期療養を期して三重県四日市の海岸に移住。二十三年、「天狼」を創刊主宰、酷烈なる精神で、生命の根源を把握表出することを標榜。二十八年、西宮苦楽園に移り、以後健康回復するにつれ国内外の旅をよくした。平成六年（一九九四）三月二六日、急性呼吸不全のため、九十二歳にて死去。句集に『凍港』（昭9）、『黄旗』（昭10）等のほか、『山口誓子全集』（全十巻　昭52）がある。

学問のさびしさに堪へ炭をつぐ　大13（『凍港』）

流氷や宗谷[1]の門波[2]荒れやまず　大15（〃）

かりかりと蟷螂[3]蜂の皃[4]を食む　昭7（〃）

夏草[5]に汽罐車の車輪来て止る　昭8（『黄旗』）

夏の河[6]赤き鉄鎖のはし浸る　昭12（『炎昼』）

蟋蟀[7]が深き地中を覗き込む　昭15（『七曜』）

つきぬけて天上の紺曼珠沙華[8]　昭16（〃）

春水と行くを止むれば流れ去る　昭18（『激浪』）

(1)　宗谷海峡。北海道と樺太との間の海峡。

(2)　万葉語。海峡に立つ波のこと。

(3)　カマキリのこと。「いぼむしり」ともいう。秋の季語。蜂は春の季語。連作「虫界変」中の一句。蟷螂の鋏ゆるめず蜂を食む」他がある。

(4)　字体から視覚的に蜂のかおを彷彿させられる。

(5)　連作「大阪駅構内」中の一句。「汽罐車の煙鋭き夏は来ぬ」他がある

(6)　連作「夏の河」中の一句。「暑を感じ黒き運河を遡る」他がある。

(7)　ちちろ虫ともいう。秋の季語。

(8)　彼岸花・狐花などともいう。真っ赤な妖艶な花が群れ咲く。秋の季語。

(9)　伊勢富田で結核療養中の作。

(10)　敗戦の日から一週間、八月二十二日の作。

(11)　伊勢湾。鈴鹿市鼓ヶ浦海岸で結核療養中の作。

(12)　鵜飼いの鵜舟が舳先にかかげる篝火。夏の季語。

海(9)に出て木枯帰るところなし　昭19（『遠星』）

炎天(10)の遠き帆やわがこころの帆　昭20（〃）

悲しさの極みに誰か枯木折る　昭22（『青女』）

一湾(11)の潮《うしほ》しづもるきりぎりす　昭25（『和服』）

鵜篝(12)の早瀬を過ぐる大炎上　昭31（『方位』）

美しき距離白鷺が蝶に見ゆ　昭36（『青銅』）

箕面

汗かきて馬は馬色を失へり　昭44（『不動』）

八月の神戸港の花火を見て

一輪の花となりたる揚花火　平5（『大洋』）

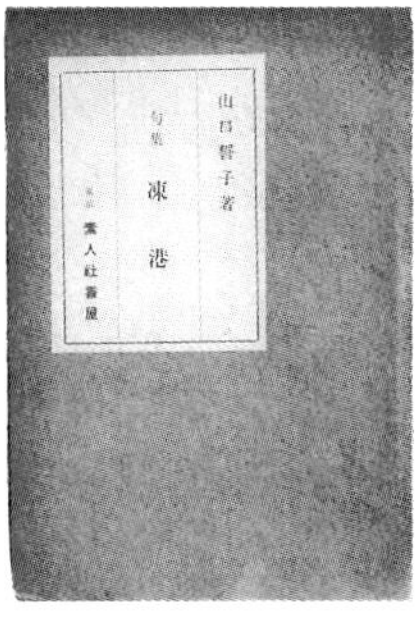

『凍港』

京大三高俳句会

山口誓子

三高二年生の秋、私は校内の掲示板で、京大三高俳句会という会のあることを知り、京大学生集会場のその会に出席した。指導者は鈴鹿野風呂と日野草城であった。野風呂は武道専門学校（略して武専）の先生で、草城は私より一年上級の三高生であった。草城の指導は水ぎわ立っていた。それのみならず、私は草城の俳句に、従来の俳句に無い新世界を見た。俳句でこのような新世界を詠《うた》えるなら、本格的に俳句の門にはいろうと私は決心した。私は啄木から草城に乗り換えた。批評家が「草城無くんば、誓子無し」と言ったのはこのところだ。

私は誓子という号を自分でつけた。本名の「新比古」（ちかひこ）を二分して「ちかひ」には「誓」を、「こ」には「子」をあてたのだ。それを「チカイコ」と発音していた。これは俳界諸先輩の例を見習ったのだ。「清」の「きよし」が「虚子」、「秉五郎」の「へいごろう」が「碧梧桐」、「登」の「のぼる」が「野風呂」。

はじめて「ホトトギス」の雑詠に登録された私の句は

暑さにだれし指悉く折り鳴らす

であった。大正十年の八月号、私はこのような俳句から出発した。

虚子先生にはじめて会ったのは、大正十一年の三月二十九日のことであった。先生の歓迎会が京都美術倶楽部で催された。そのとき私は

彼岸寺間借りの書生昼は居ず

という句を出した。その寺は黒谷の長安院である。祖父が一時そこに奇遇していたことはすでに書いた。梵《ぼん》妻《さい》のおらくさんは私の亡母とお針友だちで、美しいひとだった。その娘に美しい三人姉妹があった。

いよいよ句会が始まって、句の清記が配られた。私はたまたま虚子先生の前にすわっていたが、見ると、先生の前に置かれた清記に私の句が劈頭《へきとう》に書かれている。私の心臓は脈打った。先生はその清記を見られるなり、毛筆をとってすらすらと句を書きとられた。私の心臓はいっそうはげしく脈打った。果たせるかな、披講のときに私の句が真っ先に読み上げられた。私は天へ昇る思いがした。先生は目の前で「チカイコ」と名乗り出た私を凝視された。いつくしみの眼であった。

先生は「誓子」を「セイシ」と読んでおられた。「君がセイシ君でしたか」と先生は言われた。それ以来私はみずからを「ヤマグチセイシ」と呼ぶことにした。

そのときの、天へ昇る思いと、先生の私を見られた慈眼が、私を俳句の世界にくぎづけにした。（以下略）

（「山口誓子」『私の履歴書　28』昭42　日本経済新聞社）

15

橋本多佳子《はしもとたかこ》

1899〜1963

明治三十二年（一八九九）一月十五日、東京に生れる。本名多満。旧号多加女。旧姓山谷。父雄司、母つるの長女。祖父は清風と号し琴山田流の家元。菊坂女子美術学校日本画科中退。大正六年、橋本豊次郎と結婚。八年より九州小倉に住む。十一年、虚子が九州に遊んだ折り、小倉市中原の家（櫓山荘）を句会場として提供したのが機縁となり、同席していた杉田久女を知り、以後俳句の手ほどきを受け、「天の川」「破魔弓」「ホトトギス」の雑詠に投句。昭和四年、九州から大阪の帝塚山に転居。同年、ホトトギス四百号記念大会に出席し、始めて山口誓子に会う。以後晩年に至るまで師事。十年、「ホトトギス」を退き「馬酔木」に参加。十二年、夫と死別。戦時中奈良に疎開、没年まで住む。二十三年「天狼」の創刊に同人として参加、「馬酔木」を辞す。同年、榎本冬一郎らと「七曜」を創刊主宰。メカニックな感覚的把握を通して、個性的人間としての悲しみ、寂寥を句境とした。昭和三十八年（一九六三）五月二十九日、肝臓癌のため六十四歳で死去。句集に『海燕』（昭16）、『紅絲』（昭26）等のほか、『橋本多佳子全句集』（昭48）がある。

山荘やわが来て葛に夜々燈す(1)　昭10（『海燕』）

月光にいのち死にゆくひとと寝る(2)　昭12（〃）

四日市に誓子先生(3)をお訪ひする

つゆじもや発つ足袋しろくはきかふる　昭18（『信濃』）

母と子のトランプ狐啼く夜なり　昭21（〃）

いなびかり北よりすれば北を見る　昭22（『紅絲』）

夫恋へば吾に死ねよと青葉木菟(4)　昭22（〃）

雄鹿(5)の前吾もあらあらしき息す　昭23（〃）

蛍籠昏ければ揺り炎えたゝす　昭23（〃）

(1)　小倉市の中原に多佳子のために新築された別荘（櫓山荘）。

(2)　夫、橋本豊次郎(九月三十日死去)、多佳子三十八歳。

(3)　結核療養中、自分の句稿が空襲によって焼かれることを怖れ、奈良のあやめ池に疎開している多佳子につぎつぎ句稿を郵送して保管を依頼している。

(4)　鳩ほどの大きさの木菟で、青葉どきに南方から渡来する。都会の樹木にもいる。夜になるとホーホーと淋しい声で鳴く。夏の季語。

(5)　秋の奈良公園での作。

(6)　初夏に直立した茎の先に大形で紅、白、絞りなど美しい四弁花を開く。夏の季語。奈良市登大路の日吉館（奈良句会）での作。

(7)　一月、諏訪湖での作。急逝した知人の霊に捧げられた句。

(8)　「鵜舟に同乗、津保川より長良川を下る」の前書がある。

(9)　二月、大阪回生病院に再入院を前にしての作。

乳母車夏の怒濤によこむきに　昭23（〃）

罌[6]粟ひらく髪の先まで寂しきとき　昭24（〃）

生き堪へて身に沁むばかり藍浴衣　昭24（〃）

雪はげし抱かれて息のつまりしこと　昭24（〃）

東大寺　法華堂　月光菩薩

初蝶に合掌のみてほぐるゝばかり　昭24（〃）

月[7]一輪凍湖一輪光りあふ　昭29（『海彦』）

早[8]瀬ゆく鵜綱のもつれもつるるまま　昭31（『命終』）

雪[9]の日の浴身一指一趾愛し　昭38（〃）

『橋本多佳子全句集』

「海彦」序

山口誓子

一緒に旅をした土佐から帰って来て、多佳子さんに「句はもうお纏りになりましたか」と聞かれたとき、私は「まだ小豆島で停滞してゐます」と答へた。

これは私の句作方法である。私の場合は、出発から始まつて、行く先々で、身構へ、眼を配り、それが帰着までつゞく。

ところが、行を供にして知つたのであるが、多佳子さんの句作方法はそれとは全く異る。

多佳子さんには好みの場処といふものが必要なのだ。それが見つからないと困るが、見つかれば、そこに居据つて、迸《ほとばし》る感情を凝集せしめ、必中せしめるのである。

土佐へ行つたとき、途上の事物は多佳子さんを句作に駆りたてはしなかつた。わづかに、大歩危・小歩危の、青が硫酸銅のやうに鮮かな谿流を見下して「こゝに一日ゐて作りたいですね」と云つただけだ。

室戸の灯台を見て降りて来て、岬の岩間をみんなで歩いたが、そこは岩場で、海の中にも岩があり、それに翅を拡げてゐる鵜が見えた。

多佳子さんはその岩間に膠着して、離れようとはしなかつた。そこが好みの場処だつたのである。

私は、砂浜の傾斜の、すこし高みからその句作方法を見下した。多佳子さんは、一処に眼を据ゑ、それに向かつて感情の火花を散らしてゐるのが手に執るやうに見えた。

高知へ帰る時刻が迫つて、他の人々が自動車の方へ行つてしまつてからも、多佳子さんはそこを動かうともしなかつた。帰りを促されて多佳子さんは渋々その場処を離れたが、その顔には不満の色が漂つてゐた。

多佳子さんの句作方法は、さういふ按配で、一処一情とも云ふべきものである。

一処一情といふやうな作家の機微に属することは知らなかつたけれど、多佳子さんのその一情が迸る感情であることは私も知つてゐる。私は、このはげしい感情が物を見据ゑることによつて迸り出るのを年久しく見守つて来た。そしてその感情の現れ方にあやまりのない限り、私は別に忠告めいたことを云はなかつた。

作家といふものは、自分の為し得ることしか為し得ない。これは作家の授かつた持前であつて、他人の持前は決して自分の持前にはならぬのである。その代り自分の持前は完全に生かしきらなければならない。私は多佳子さんが自分の持前を完全に生かすことに協力しただけである。

作家の持前のことを考へれば、かりそめにも「汝の進むべき方向はかくあるべし」などと云へるものではない。（以下略）

（第四句集『海彦』昭32　角川書店）

16 西東三鬼《さいとうさんき》

1900〜1962

明治三十三年（一九〇〇）五月十五日、岡山県に生まる。本名斎藤敬直。父敬止、母、登勢の四男。代々漢学者で、父は郡視学、六歳のとき胃癌で死去。大正九年、青山学院中学卒業。翌十年、日本歯科医専に入学、十四年同医専卒業後、上原重子と結婚、長兄が日本郵船のシンガポール支店長であったため、同地で歯科医を開業。昭和三年、済南事件を契機とする日貨排斥とチフスのため休院、翌四年、失意の中に帰国、大森で開業した。八年、東京神田共立病院の歯科部長に就任、患者の俳句会にすすめられて句作を始め、以後俳句に熱中。九年、俳誌「走馬灯」に加入、新興俳句運動に連なる新鋭として「馬酔木」「天の川」「京大俳句」などに投句。さらに「新俳話会」を創立。十五年、新興俳句総合誌「天香」創刊に加わる。戦後は波郷らと計って、「現代俳句協会」を設立。誓子主宰の「天狼」発刊に尽力。二十七年、主宰誌「断崖」を創刊。三十一年、葉山に移住し俳句一筋の道に入ったが、昭和三十七年（一九六二）四月一日、胃癌のため六十二歳にて死去。句集に『旗』（昭15）、『夜の桃』（昭23）等のほか、『西東三鬼全句集』（昭58）がある。

水枕[1]ガバリと寒い海がある　昭11（『旗』）

算術の少年しのび泣けり夏　昭11（〃）

緑蔭に三人の老婆わらへりき　昭11（〃）

道化師[2]や大いに笑ふ馬より落ち　昭11（〃）

寒燈の一つ一つよ国敗れ　昭20（『夜の桃』）

中年や独語[3]おどろく冬の坂　昭21（〃）

おそるべき君等の乳房夏来《きた》る　昭21（〃）

枯蓮[4]のうごく時きてみなうごく　昭21（〃）

(1)　ゴムまたは防水布で作り、中に水や氷を入れる枕。頭を冷やすために用いる。

(2)　サーカスで滑稽を演ずる人。

(3)　ひとりごと。

(4)　奈良薬師寺の小さな蓮池の景。枯蓮は泥中に半ば沈み、折れた葉柄が骨のように突き出したりしている。

(5)　神戸の三鬼館の隣人で、白系ロシア人。

(6)　被爆都市広島を訪れたときの作。「有名なる街」九句中の一句。他に「広島の夜陰死にたる松立てり」がある。

(7)　何か狂いだしたくなるような日。

(8)　「世田谷ぼろ市」五句中の一句、他に「寒夜市目なし達磨が行列す」がある。

(9)　絶句。三月七日、昏睡状態におちいる前の作という。

露人ワシコフ叫びて石榴打ち落す[5]　昭21（〃）

大寒や転びて諸手《もろて》つく悲しさ　昭22（〃）

広島や卵食ふ時口開く[6]　昭22（『西東三鬼全句集』）

頭悪き日やげんげ田に牛暴れ[7]　昭24（『今日』）

暗く暑く大群集と花火待つ　昭27（『変身』）

ぼろ市さらば精神ぼろの古男[8]　昭34（〃）

秋の暮大魚の骨を海が引く　昭35（〃）

春を病み松の根つ子も見あきたり[9]　昭37（『西東三鬼全句集』）

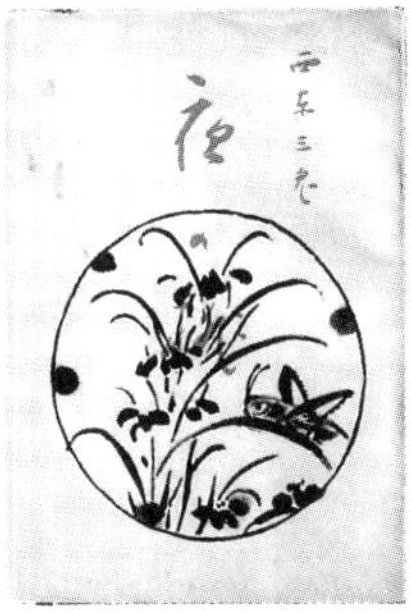

「夜の桃」

「馬酔木」句会に出てみる

西東三鬼

「走馬燈」の我等の仲間は、不死鳥は草城、梢閑居、昇子は「天の川」と、各々その志向がまちまちであった。私は対抗上「馬酔木」と決めていたから、これも風来坊の渋谷天河水という、喜劇役者のような名の男を、一人では心細いので、頼んで同行して貰い、恐るおそる「馬酔木」の句会なるものに出席した。

それは昭和九年の夏で、所は神田の水原産婆学校であった。一句組の私は窓秋、波郷、辰之助等が、その句会に出席する事を知っていたから、階下の入口で、すでに気おくれがしてまごまごしていると、白ズボンに縮みの半袖シャツ、団扇を使いながら出て来た人が「ああ靴ならその下駄箱にどうぞ」とニコニコしながら教えてくれた。受付には学生服で髪の長い青年がいた。私は求められるままに署名して着席した。雑俳の運座以来、句会は初めてだが、階上のその教室には、四五十人が厳粛、神妙に控えていた。

やがて句会が始まる頃「あなたが西東さんで……わたし水原です」という人を見上げて、私は内心ドギリとした。それは階下で「靴なら云々」と教えてくれた人であった。私は不覚にも、その人を学校の事務員かと思っていたのだ。汗が私の全身を、誇張していうと、ザーッと音を立てて流れた。暑くもあった。

秋桜子先生に私の名を告げたのは、受付の長髪にちがいない。然らば彼が秀才石田波郷であるか。先生は言葉を継いで「この間は『走馬燈』で窓秋の句を賞めて下さって有難う」と礼をいわれた。それは私が月評で、窓秋の「山鳩」の句を激賞したのに対する挨拶である。「ホトトギス」を蹴とばして「馬酔木」に拠った、意気軒昂の先生が、十六頁の同人誌の月評に礼をいうとは――と、私は結社の師弟愛に初めて触れて感動した。

その時、私の提出した句は、十把一からげで、先生の毒舌を浴びて自滅したが、それはむしろ小気味がよかった。先生が賞めたのは

　　岩波文庫といへども暖房の書肆
　　に漁る

という長たらしいが清新な句で、これは私も感心した句であった。

この作家は低音で「波郷」と名乗った。やはり学生服のノッポ、長髪が波郷であった。(中略)

「おい、あれが波郷で、その隣が辰之助だぜ」と、私は天河水にささやいた。天河水は、ペロリと舌を出してみせた。それは「ナアーンだあれが波郷か」という意味と「ああいう風貌の奴にはとても叶わないぞ」というあきらめが混ざったものであろう。(以下略)

(『俳愚伝』『神戸・続神戸・俳愚伝』昭50　出帆社)

17 芝不器男《しばふきお》

1903〜1930

明治三十六年（一九〇三）四月十八日愛媛県に生まる。本名太宰不器男。不器男は、「論語」の「君子《ハ》不ㇾ器《ナラ》」からとっての命名。旧号は、芙樹雄、不狂。芝来三郎・キチの四男。昭和三年太宰孫九の長女文江と結婚し太宰姓となる。宇和島中学から松山高校理科を経て、大正十二年東京大学農学部に入学したが、七月帰郷して大学にもどらず十四年退学。同年東北大学工学部に入学したが、昭和二年四月授業料滞納のため除籍された。俳句は松山高校時代関心を抱いたが、東大時代の郷里にあるとき姉の婚家の句会に出て句作を始める。大正十四年から「天の川」に投句、十五年一月号で巻頭を得、「東京日日新聞」俳壇や「ホトトギス」にも投句。昭和二年には水原秋桜子が雑詠選をしていた「破魔弓」に投句し巻頭となる。昭和三年九月号の「ホトトギス」で秋桜子は「新進作家論」を発表したが、そこで川端茅舎・後藤夜半らとともに芝不器男をとりあげて論評している。横山白虹が「彗星のように俳壇の空を通過した」と評したとおり、昭和五年二月二十四日、二十八歳で九大病院で死去した。句集に『不器男句集』（横山白虹編・昭9）、『不器男句集』（昭22）、『定本芝不器男句集』（飴山実編　昭45）、『芝不器男全句集』（塩崎月穂編　昭55）がある。

蓬生[1]に土けぶり立つ夕立かな　大15（『不器男句集』）

あ[2]なたなる夜雨の葛のあなたかな　大15（〃）

麦[3]車馬におくれて動き出づ　大15（〃）

人入つて門のこりたる暮春かな　大15（〃）

永き日のにはとり柵を越えにけり　大15（〃）

町空のくらき氷雨や白魚売　昭2（〃）

ぬ[4]ば玉の閨かいまみぬ嫁[5]が君　昭2（〃）

寒鴉己《し》が影の上におりたちぬ　昭2（〃）

(1)　蓬などの生い茂って荒れはてたところ。

(2)　「二十五日仙台につく、みちはるかなる伊予の我が家をおもへば」の前書きを持つ。

(3)　刈り取った麦を山積みにして馬に曳かせる大型の車。この句、馬が動くのに一呼吸遅れて車の動くさまをいう。

(4)　「ぬば玉」はヒオウギの実で、まるくて黒い。転じて「黒」「夜」「暗き」などにかかる枕詞として使われる。ここは「(暗い)寝室」と続けている。

(5)　鼠のこと。特に新年三ケ日は鼠というのを忌んでこう言うが、もと関西の方言。新年の季語。

(6)　左義長のこと。一月十五日小正月の行事で、新年の飾り物を集めて広場や辻などで焼くこと、とんどともいう。新年の季語。

(7)　ちゅうにかい。普通の二階より低く、天井裏に毛のはえたような木賃宿の二階部屋のこと。

(8)　不器男には三人の兄があり、梯吉とは十五、馨三とは七つ、浩四郎とは五つ違っていた。ここは二兄か三兄であろう。

谷水を撒きてしづむるどんどかな[6]　昭2（〃）

みじろぎにきしむ木椅子や秋日和　昭2（〃）

まのあたり天降《あも》りし蝶や桜草　昭2（〃）

中[7]二階くだりて炊ぐ遍路かな　昭3（〃）

卒[8]業の兄と来てゐる堤かな　昭3（〃）

泳ぎ女の葛隠るまで羞ぢらひぬ　昭3（〃）

白藤や揺りやみしかばうすみどり　昭3（〃）

一片のパセリ掃かるゝ暖炉かな　昭5（〃）

二十五日　仙台に着く、道はるかなる伊予の我が家をおもへば
あなたなる夜雨の葛のあなたかな

高浜虚子鑑賞

伊豫の國からはるばる仙臺に来た時の情緒を云つたもので「あなたなる」とまず遠く思ひを故郷の方に走せて、そこに夜雨の降つて居る葛を描き出した。どうせ葛は都会を離れた山野に生ひ茂つてゐるものであって、それに夜雨の降って居る光景は、この作者が著しく物寂しさを感じて深く頭に印象した處のものである。作者の故郷に遠く思ひをはせる時に暗闇の中にただその夜雨の葛といふ光景がまぼろしの如く描き出された。それから又思ひを郷里の方にはせると又はるぐ〵遠いことであると感ずる。丁度繪巻物にでもして見ると、非常に長い部分は唯真っ暗で、一面に黒く塗ってある許りで、それから少し明るい夜雨の降って居る葛の生ひ茂って居る山がかった光景が描き出されて、それから又非常に長い黒い所があるといつた様なものである。その黒い所といふのは、はるぐ〵郷里を思ひやった情緒である。はるぐ〵と郷里を思ひやった中に葛の上に夜雨の降って居る光景が思ひ浮かぶのである。箱根の山で見た光景か、白川の関近くで見た光景か、それはいづれであろうとも、ただ葛の生ひ茂つて居る上に夜雨の降つて居る光景がいかにも物寂しかつたこと々想像せられる。始めに「あなたなる」と置き又終りにあなたかなと置いた大胆なる叙法が成功してる點は偉いと思ふ。

（「ホトトギス」昭2・1月、雑詠句評会）

山本健吉鑑賞

私も絵巻風の虚子解によってこの句に瞠目する。ただ少し附け加えれば、「目前雨にうたれる庭草の風情」は作句の機縁としてあってもいいが、むしろ闇の中に眼を閉じて、ひたすらにはるかな或る地点の「夜雨の葛」を、それのみを瞼に思い浮かべている作者を描き出したい。機縁としては、仙台の客舎での遊子のかなしみがあれば足りる。途中見た物悲しい夜雨の景が、仙台と郷里との距離感を倍加するのだ。その夜景が頂となって、仙台と郷里とのつながりを中断しかつ中継するのである。もし眼前に夜雨の風景があるのなら、伊予の故郷にも忘れがたい葛の花の風景があるべきだろう。だがそれらは共に朦朧とぼかされ、さてはある所の夜雨の葛の印象が、あまりに鮮明に作者の眼に映し出され、それがいっそう遊子の情をそそるのだ。ある日作者の脳裡から消え去って、

（角川書店「現代俳句」）

18

中村草田男《なかむらくさたお》

1901〜1983

明治三十四年（一九〇一）七月二十四日、父の任地、中国の厦門領事館に生まれる。本名清一郎。父修、母、ミネの長男。三歳で帰国、松山中学、松山高校を経て、東大独文科入学。後国文科に転科。チエホフを耽読。昭和三年より「ホトトギス」に投句、翌四年、はじめて高浜虚子を訪い、東大俳句会に入会、秋桜子・素十らの指導も受ける。間もなく「ホトトギス」雑詠欄の新人として、たかし・茅舎らと活躍。八年、正岡子規論を卒業論文に書き大学を卒業。四月成蹊学園に就職。九年、ホトトギス同人となる。このころ活発となった新興俳句運動を批判。十一年、福田引一の次女直子と結婚。十四年、「俳句研究」の座談会（編集者山本健吉司会）「新しい俳句の課題」が契機となり楸邨・波郷らと「人間探求派」の中軸として俳壇的地位を確立。難解な句風への道をとる。二十一年、「万緑」を創刊主宰、俳句の伝統性を継承しつつ、自己の内面の思想や生き方を季題を中軸にして象徴的に結晶させることを志向。二十四年、成蹊大学教授となる。急性肺炎のため、昭和五十八年（一九八三）八月五日、八十二歳で死去。句集に『長子』（昭11）、『火の島』（昭14）等のほか、『中村草田男全集』（全十八巻　昭59〜平3）がある。

校塔[1]に鳩多き日や卒業す　昭5（『長子』）

降る雪や明治は遠くなりにけり　昭6（〃）

秋の航一大紺円盤の中　昭8（〃）

冬[2]の水一枝の影も欺かず　昭9（〃）

貝寄風《かひよせ》[3]に乗りて帰郷の船迅し　昭10（〃）

妻[4]二タ夜あらず二タ夜の天の川　昭12（〃）

父[5]となりしか蜥蜴[6]とともに立ち止まる　昭12（『火の島』）

万[7]緑の中や吾子の歯生え初むる　昭14（〃）

(1)　時計台などのある学校の塔。母校の港区南青山の青南小学校付近での作。
(2)　よく澄んで寒々としかも動きが鈍く重たい感じがする。
(3)　陰暦三月二十日前後に難波の浦辺に吹き寄せる風をいう。
(4)　福田弘一の次女直子。（昭和十一年二月三日結婚）
(5)　六月に長女三千子が生まれた。
(6)　とかげ。夏の季語。
(7)　「万緑叢中紅一点」（王安石）が出典。草田男による新季語。
(8)　鳥雲に入る。春、北方に帰っていく鳥の姿が、はるかな雲間にかくれていくあわれさをいう言葉。春の季語。
(9)　キリストの信者は、人の心の腐敗をとどめるものであるという比喩につかっている。
(10)　砂利・粘土・石灰に苦塩をまぜてたたき固めた庭。叩き土の略。
(11)　古い時代から女の子の正月の遊びの具。新年の季語。
(12)　天地開闢のこと、天地のひらけたはじめ。
(13)　草や草花を内に包んだまま結晶した水晶。

金魚手向けん肉屋の鉤に彼奴を吊り　昭14（〃）

少年の見遣《みや》るは少女[8]鳥雲に　昭15（『萬緑』）

勇気こそ地[9]の塩なれや梅真白　昭19（『来し方行方』）

焼跡に遺る三[10]和土や手[11]毬つく　昭20（〃）

居所を失ふところとなり、勤先きの学校の寮の一室に家族と共に生活す。

空は太[12]初の青さ妻より林檎うく　昭21（〃）

葡萄食ふ一語一語の如くにて　昭22（『銀河依然』）

秋天一碧潜水者《ダイバー》のごと目をみひらく　昭29（『母郷行』）

草[13]入水晶如月恋が婚約へ　昭35（『時機』）

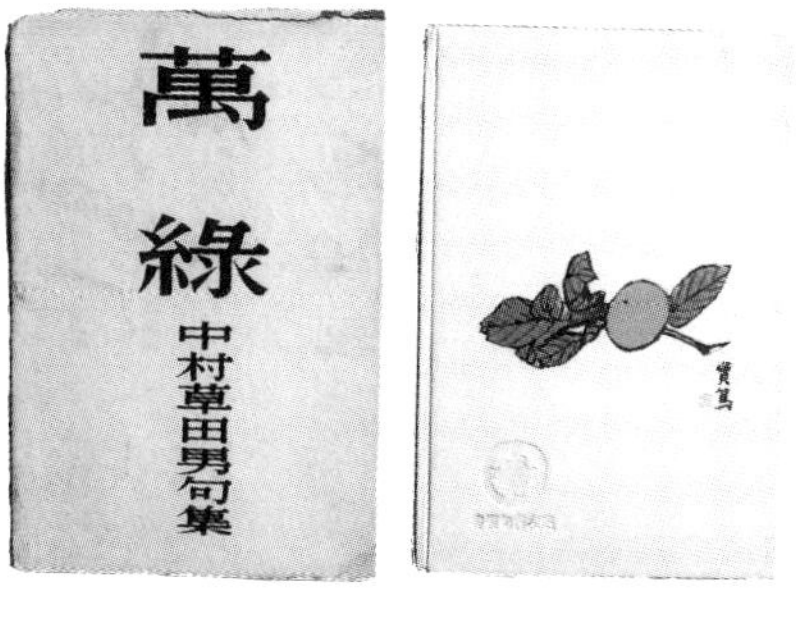

『萬緑』

教授病

中村草田男

「世界」十一月号に掲載された桑原武夫氏の現代俳句抹殺論ともいふべき「第二芸術」なる一文は、俳壇人としては、到底その儘に默過することが出来ないものである。あの一文は、論じられている対象の事実とはほとんど無関係なくらいに的をはずれた言説であるに拘わらず、理論を遣る組織の表面だけでは、一応筋が通っているかの如くに装われている。放置すれば全体正しいものとして公認されてしまう虞れが十分にある。現俳壇にあって真摯なる営みをつづけている人々の意志を、みずから背後に負って、私はここに正すべきを正すべく、一応ハッキリと答えて置かなければならない。しかも、私に与えられた紙幅は、氏に与えられたものの約半分である。氏の論の派生的な細部にまでは十分追い及ぶことが出来ず、ただ誤りの中心だけを衝いてこれを是正するにとどめざるを得ないのは残念である。

氏は、その論の是非に先だって、最初から現代俳句を論ずるための資格その物を欠いている。氏には俳句評価に必要な鑑賞能力の備えが皆無である。（中略）

氏は、また、……現代俳人の作品の鑑賞あるいは解釈というような文章や書物が多い……詩のパラフレーズという最も非芸術的な手段がとられるということは、……芸術品としての未完成性すなわち脆弱性を示すという以外に説明がつかない……ボードレール詩鑑賞とか、ヴェルレーヌ詩訳などという本はフランスにはないのである……と言っているが、フランス文学を基準とすることによってのみでは、事情を異にする日本文学中での最も特殊な俳句文芸を律しさることは出来ない。解説書の多いことは、一方では、俳句が短詩型なるが故に平民文学の世界のものであることを語っていることは、確かであるが、同時に一方では、最短詩型なるが故に、すべての対象を、焦点に於いてのみ把握し、具体的にのみ表現し、無形の域をすべて暗示の方法に訴えてのみ読者に伝えていて、万事の意味を表白し尽す西洋象徴詩とは性質を異にする日本独自の象徴詩であることを示している。不立文字、直指人心的なその特性の機微に通じるためには、多年の研究と沈潜とを必要とすることを示している。

この焦点、具体、暗示という特性を安易に皮相に運用すれば、気軽い対象の輪郭だけを機知を以て、スナップ・ショット的に描く低俗のものとなり、その特性を高次に達成するときには、芭蕉の優秀作品にこれを見るが如き、奥行き深き日本独自の象徴詩となるのである。（以下略）

（「現代俳句」昭22・6『中村草田男全集8』昭60みすず書房所収）

19 加藤楸邨《かとうしゅうそん》

1905〜1993

明治三十八年（一九〇五）五月二十六日東京都に生まる。本名健雄。鉄道に勤める父に従い各地を転住し、大正十二年金沢第一中学校卒業。父の病気のため進学を断念、小学校の代用教員となる。十四年父の死に遭い、翌年上京し東京高師第一教員養成所国語漢文科に入学。昭和四年卒業、埼玉県粕壁中学校教員となり、同年矢野チヨセ（後の俳人加藤知世子）と結婚。昭和十二年妻子を伴い上京、東京文理大国文科に入学、十五年卒業。都立第八中学校等に勤める。昭和二十九年から五十一年まで青山学院女子短大教授。俳句は、粕壁中学校在勤時代、菊地烏江らに誘われて始め、「馬酔木」に投句、秋桜子に師事した。十二年上京後は「馬酔木」の編集に携わった。初期の唯美的自然詠から人間の内面を詠う方向に向かい、昭和十四年ころ、中村草田男・石田波郷とともに「難解派」・「人間探求派」と呼ばれた。十四年処女句集「寒雷」出版、翌十五年俳誌「寒雷」を創刊主宰した。昭和四十三年第二回蛇笏賞受賞、六十年芸術院会員。平成五年七月三日死去。句集に『寒雷』（昭14）、『野哭』（昭23）等のほか『加藤楸邨全集』（全十四巻、昭55〜57）がある。

かなしめば鵙金色の日を負ひ来《く》　昭10～12（『寒雷』）

学問[1]の黄昏さむく物を言はず　昭12～13（〃）

寒雷[2]やびりりびりりと真夜の玻璃　昭13（〃）

穂高病む

露の中万相うごく子の寝息　昭15（『穂高』）

教師[3]なりけり春暁己が咳にさめ　昭15（〃）

隠岐やいま木の芽をかこむ怒涛かな　昭16（『雪後の天』）

天[4]の川鷹は飼はれて眠りをり　昭19（『砂漠の鶴』）

雉子の眸のかうかうとして売られけり　昭20（『野哭』）

(1)　家族とともに上京した楸邨は、東京文理大の学生として十歳も若い同級生と机を並べた。背後に、日中事変の勃発により戦争が日一日と拡大していく世相があった。

(2)　楸邨の造語。主宰誌「寒雷」はこの句からとられた。

(3)　昭和十五年三月東京文理大学を卒業。四月より都立第八中学校に勤務した。

(4)　楸邨は『沙漠の鶴』の中に次のように記している。「止り木の上に一羽の大きな鷹が乗っている。飼われているものである。昼は寂として身動きもせぬ静かな姿であるが、夜になると烈しく鳴く。野性がこの天の川の下に呼びさまされるのであろう。」

(5)　「五月二十三日、夜大編隊侵入、母を金沢に疎開せしめ、上州に楚秋と訣れ帰宅せし直後なり。わが家羅災」の脇付けがある。

(6)　ぶよぶよした軟体魚でグロテスクな魚形をしているが、冬期美味で鮟鱇鍋にして食べる。軟体魚であるため吊し切りという独特な手法で下ろす。冬の季語。

(7)　この原爆図は、丸木位里、赤松俊子の原爆図と思われる。

火[5]の奥に牡丹崩るるさまを見つ　昭20（『火の記憶』）

鮟[6]鱇の骨まで凍ててぶちきらる　昭23（『起伏』）

木の葉ふりやまずいそぐないそぐなよ　昭23（〃）

落葉松はいつめざめても雪降りをり　昭25（『山脈』）

野分の馬打つて馬よりかなしきらし　昭25（〃）

原爆図[7]

原爆図中口あくわれも口あく寒《かん》　昭28（『まぼろしの鹿』）

葱切つて溌剌たる香悪の中　昭37（〃）

吹[8]越に大きな耳の兎かな　昭50（『吹越』）

(8) 谷川岳あたりの北が吹雪になるとその一部が岳を越えて南の山麓に飛んでくるが、その雪片を言う。

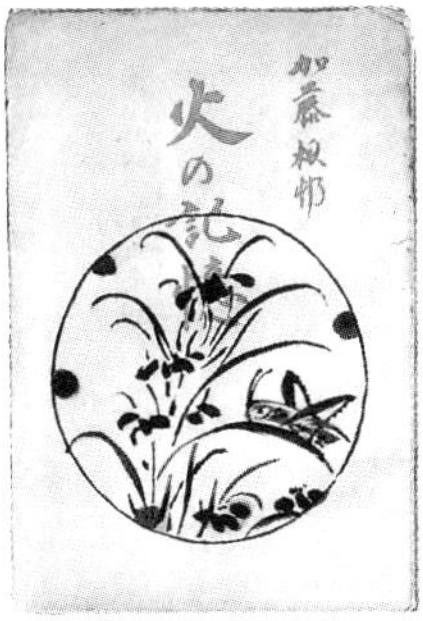

『火の記憶』

隠岐の旅

隠岐の魅力は、後鳥羽院という歴史の上の悲劇の主人公とからみあうところにあるのはいうまでもないであろう。「遠島百首」を読むと、この気宇の壮大だった歌人の、京都的歌壇とはちがった孤独の底からの慟哭の声が、隠岐の荒涼たる風土を滲透してきこえてくるようだ。芭蕉が後鳥羽院のお言葉として、「これらは歌に実ありて、しかも悲しびを添ふる」ということを書いており、「この御言葉を力として、其の細き一筋をたどり失ふる事なかれ」と述べているのが胸を打ったのが、私の隠岐へでかけた動機の一つであった。そして自分の身に直接ひびいてくる隠岐を感じとりたい、そのことが自分の俳句にどうひびいてくるかを確かめたいと考えたのであった。

国賀の怒濤から感じた荒涼、菱浦の静かな湾の睡りから感じたやわらぎ、この二つの相反して見える風土の性格が、私の中に大きな根を据えてくれた。そして私にはそうした風土と人間とのからみあいが、隠岐の牧畑の切実ないとなみとなって感じられ、ここに八雲の目から離れた自分の感動をみつけだしたと思った。牧場と畑とを一つにした狭い土の生かし方は今も私の目にいきいきと残っており、丈の低い松の間からのっそりとついてきた真っ黒な母と子の牛を思い出す。

　牧の牛濡れて春星満つるかな

隠岐の記憶の中で、私の中に息づいているものの一つは、「出雲族の末裔」と私が書いた島の人人のことである。黒木御所を尋ねて所の老人にきいたら

「壷の内と子供のころより言うたじゃけん、そこじゃろ」

と近くの丘をさしてくれた。しばらく長閑になく牛にききほれていた後、土に段を刻みつけた小道を登ろうとすると、後ろから

「三段より、左に切れて上らっしゃれ」

という声がした、老人はずっと私を見まもっていたわけである。

この老人ももうとうに亡くなったことであろう。しかし、菱浦で泊った駄菓子屋の少女はどうなったであろうか。晩飯のためにわざわざ小舟を出して栄螺や烏賊をとってきてくれた、ふくぶくしい少女だったが。

　さえざえと雪後の天の怒濤かな

（講談社『加藤楸邨全集第八巻』所収）

20 石田波郷《いしだはきょう》

1913〜1969

大正二年（一九一三）三月十八日愛媛県生まれ。本名哲大。松山中学から明治大学文芸科に進んだが、中退。俳句は、同級生の大友柳太郎にすすめられて新聞俳壇に投句していた。五十崎古郷を知り「馬酔木」に投句、昭和七年に上京し、直接に水原秋桜子の指導を受ける。この時期は、秋桜子が「自然の真と文芸上の真」を「馬酔木」に掲載し虚子の「客観写生」に含まれるトリビアリズムに対立していた時であった。八年、二十一歳で、「馬酔木」の第一期同人となり、九年より「馬酔木」の編集に従事。昭和十年『石田波郷句集』を上梓、十二年「鶴」を創刊主宰する。十四年。山本建吉が「俳句研究」で企画した座談会のあと、草田男・楸邨とともに「難解派」「人間探究派」と呼ばれた。昭和十七年、「馬酔木」を俳句の見解の相違から離れる。十八年応招し中国に赴くが、二十年病気帰還。以後胸部疾患に終生苦しむ。二十一年「鶴」復刊。読売文学賞受賞。昭和四十四年十一月二十一日死去。句集に『鶴の眼』（昭14）、『雨覆』（昭23）、『惜命』（昭25）等のほか『石田波郷全集』（全九巻別一、昭55〜57）がある。

バスを待ち大路の春をうたがはず　昭14（『鶴の眼』）

[1]吹きおこる秋風鶴をあゆましむ　昭14（〃）

銀座千疋屋

[2]あえかなる薔薇撰りをれば春の雷　昭14（〃）

[3]朝顔の紺のかなたの月日かな　昭17（『風切』）

[4]初蝶やわが三十の袖袂　昭17（〃）

雀らも海かけて飛べ吹き流し　昭18（再版本『風切』）

雷落ちて火柱見せよ胸の上　昭21（『病雁』）

栗食むや若く哀しき背を曲げて　昭21（『雨覆』）

(1) この句について波郷は、「鶴」第二号で「鶴の眼」と題して

僕は「鶴」の発刊に因んで上野動物園に出かけて鶴の句を作ったが不出来で作品欄に発表することはできない。「文章の間に挿入」して置く。

と書いている。「鶴」は波郷の主宰誌。

(2) かよわく、なよなよしたさま。句中の働きは、意味よりも語の響きの美しさにある。

(3) 「結婚したが職無くひたすら俳句に没頭し、鶴に全力を挙げた。韻文俳句を大いに興さうとした時期であった」と『波郷百句』に自注をしている。

(4) 自註に「昭和十七年。生活の廓清を心がけた。『三十而立』、私は自分の青春と馬酔木から袂別した。然しそんなことを詠んだ句ではない。」とある。

(5) 戦炎により焼け野となった土の色である。

(6) 主語（主体）は波郷である。

(7) 病院で亡くなった死体を安置する部屋で霊安室ともいう。

(8) ありまきの一種で白い綿状のものをまとって飛ぶ。初冬のころの風の

はこべらや焦土[5]のいろの雀ども　昭21（『雨覆』）

立春の米こぼれをり葛西橋　昭21（〃）

霜の墓抱[6]き起されしとき見たり　昭23（『惜命』）

雪はしづかにゆたかにはやし屍室[7]　昭24（〃）

綿[8]虫やそこは屍の出でゆく門　昭24（〃）

七夕竹惜命の文字隠れなし　昭24（〃）

蟻[9]地獄病者の影をもて蔽ふ　昭24（〃）

病母辺

螢火や疾風のごとき母の脈　昭32（『春嵐』）

ない曇り日に多く見られる。冬の季語。

(9) ウスバカゲロウの幼虫で、樹下や縁の下などの乾いた砂に擂鉢形の穴を掘ってその底にもぐり棲み、すべり込む蟻などの小虫を捕食する。夏の季語。

『風切』

「鶴の眼」序

横光利一

古い言葉を新しく使ふ苦心と古さを古さとして生かす苦心、このやうな新旧の表現手段の対立の中にあつて新人はさらに一歩を出て、自然の宝をどんなに変化せしめて自分の宝となすかを考へる。石田波郷氏の俳句はたしかに新人の名に価するものと私は思つてゐる。芸術の中でも俳句と和歌と能とは伝統を重んずることをもつて第一のつとめとなさねばならぬ義務をもつ。しかし、伝統というものは常に古典に還ることではない。さらに次の時代の古典を創り織りなす努力に最も伝統のいのちの生育する場所がある。石田氏はこの新しい古典を創りおさめる努力と効果に於ても見事な花を咲かせつつある人のやうに思はれる。しかし、いつたい俳句とはどのやうな心のいとなみをもつて精神とするのであらうか。またこの心の前に現れる対象となるものは何んであらうか。この疑問が常に俳心の進路を決定して来て昔から今にまでつづきなほ熄まない。このやうなときに石田波郷氏は俳句とは文学ではないと云つてゐる。文学の定義については何を云はふと別に問題ではない。人々の苦心に応じて文学の定義は変り得るものであり、またそこに文学の美しさの源が存在する。しかし、この新人にどうして俳句は文学ではないと云はしめたかが、近代俳句の含むさまざまな問題の露頭となつて私に映じて来る。またこの書はただ単に未来の問題の露頭を潜ませてゐるのみならず古への美と競ひ立たうと希ふ青春の美が沈着な豊かさで然も柔らぎを含み、微妙繊細な華やかさの中に幽情をさへ失はず、近代の浮薄を品位に転質せしめてゐる高孤な抒情をもつて巻き立ち昇つてゐる。殊にここに露れたこの開花の放つ光鉱の特長は、われわれが詩形の単位の何ものかを探るに好個の典型になつてゐる明快な垂直性である。この垂直性こそ古典へ通じる唯一の道だと思ふ。

石田あき子「見舞籠」後書

「俺もそう長くは生きられそうもない。生きて居る間に、長年病院通いをしてくれたお前に、俺のささやかな贈物として句集を出してやりたい」

今年三月、めずらしい春の大雪の解ける頃、三度目の病変の危機を脱した主人が話しかけました。私は自分の句集を出すことなど全く思ってもおりませんでしたので、

「そんなことおかしいですよ、まだまだ先のことですよ」と申しますと「これは誰にも内緒で、お前は何もしなくてよい。後書は俺が書く。お前が喜んでくれればそれだけで満足だ」私は主人が本気で言っているのだと思い、一瞬暗い予感が胸をはしりましたが、主人の気持はよろこんで受けねばならぬと考え直しました。

21

細見綾子《ほそみあやこ》

1907〜1997

明治四十年（一九〇七）三月三十一日、兵庫県に生まる。本名沢木綾子。父喜一、母とりの長女。柏原高女を経て、昭和二年、日本女子大国文科を卒業。十三歳のとき父病没。国文科在学中、武島羽衣・久松潜一らの指導を受ける。卒業後すぐ東大医学部助手太田庄一と養子縁組し本郷に住む。昭和四年、夫の病没に遭い郷里丹波に帰る。四年、母病没、秋に肋膜炎を患う。療養生活中に俳句を識り松瀬青々に師事、「倦鳥」に投句。九年、転地療養のため大阪池田に仮寓。十二年、青々没、その遺稿を整理。二十一年、「風」創刊され同人となる。二十二年、沢木欣一と結婚。金沢市に転居。二十五年、長子太郎出生。二十七年、句集『冬薔薇』（昭27）により第二回茅舎賞受賞。二十八年、欣一と誓子の「天狼」に同人参加。三十一年、欣一が金沢大学から文部省に転じたため上京、武蔵野市に転居、平成九年（一九九七）九月六日午後九時五十六分、心不全のため、九十歳にて死去。句集に『伎藝天』（昭49　芸術選奨文部大臣賞）、『曼陀羅』（昭53　蛇笏賞）、『細見綾子全句集』（昭54）等のほか、随筆集『私の歳時記』（昭34）など多数。

でで虫[1]が桑で吹かるゝ秋の風　昭7（『桃は八重』）

ふだん着でふだんの心桃の花　昭13（　〃　）

鶏頭[2]を三尺離れもの思ふ　昭21（『冬薔薇』）

寒卵二つ置きたり相寄らず　昭25（　〃　）

つひに[3]見ず深夜の除雪人夫の顔　昭28（『雉子』）

もぎたての白桃[4]全面にて息す　昭40（『和語』）

虹飛んで来たるかといふ合歓[5]の花　昭43（　〃　）

仏見て失はぬ間に桃喰めり　昭44（『伎藝天』）

(1)　夏の季語。晩秋のカタツムリは殻の艶も失せている。

(2)　秋の季語。生家（丹波）の土蔵の白壁の前に咲いていたもの。

(3)　北陸線今庄あたりで夜行列車が雪のため臨時停車をした折りの作。

(4)　水蜜桃の一種、果肉は白色で、甘味も香りもたっぷりである。秋の季語。

(5)　日暮になるとやわらかい淡緑色の羽状復葉を静かに閉じるので、ねむの木という名がある。絹糸を無数に集めたような淡紅紫を帯びた美しい花を開く。マメ科でさやの実を結ぶ。夏の季語。

(6)　十一月、木村雨山の友禅工房を見学した折りの作。

(7)　伎藝天、容貌端正で福徳・伎芸を守するという天女。「秋篠寺九句」中の一句。

(8)　梅雨のころ、まだ熟さないうちの青い梅をいう。緑色の実は新鮮で、細かい産毛を帯びた肌ざわりも快い。夏の季語。岐阜県、不破の関での作。

(9)　解けやすい淡雪が多い。この年の春は、珍しく東京に二度も降った。

(10)　大胆な構図、雄勁な筆致、藍黄緑

赤[6]多き加賀友禅にしぐれ来る　昭44（〃）

女[7]身仏に春剝落のつづきをり　昭45（〃）

青[8]梅の最も青き時の旅　昭45（〃）

年の瀬のうららかなれば何もせず　昭53（『存問』）

春[9]の雪青菜をゆでてゐたる間も　昭50（『曼陀羅』）

金沢にて

古[10]九谷の深むらさきも雁[11]の頃　昭51（〃）

天然の風吹きゐたりか[12]きつばた　昭60（『天然の風』）

老ゆることを牡[13]丹のゆるしくるるなり　昭62（『虹立つ』）

紫赤（九谷の五彩）を用いた上絵付けに特色があり、重厚で豪快な趣がある。

(11) 北の厳しい冬を避けて日本に渡り、平穏な秋と冬を過ごす。

(12) 杜若。花の形が飛燕の紫を思わせるので、燕子花とも書く。かきつばた群生池（小堤西池・愛知県知立市）での作。

(13) 丹波の生家から武蔵野市の自宅の庭に移し植えた古木。夏の季語。

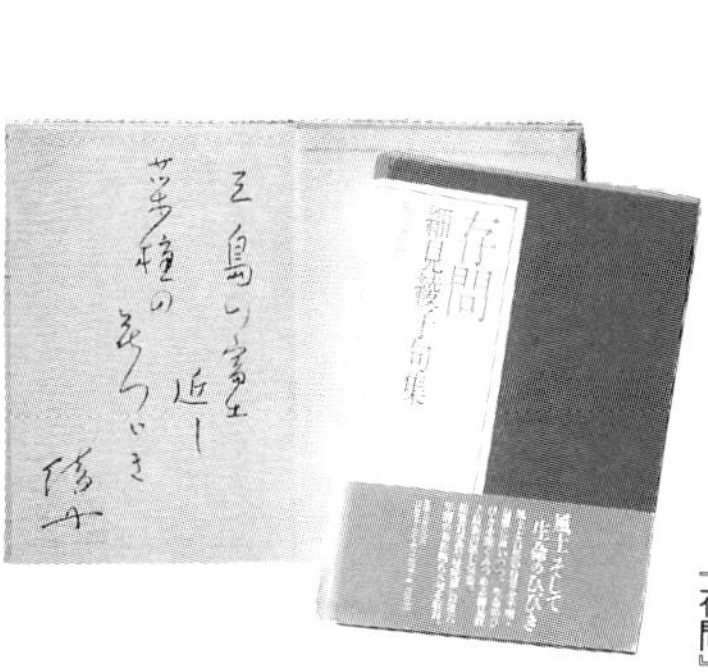

『存問』

私の俳句入門

細見綾子

私が俳句をはじめたのは二十三の時である。秋頃からであったらう。その年の一月に、神奈川県の平塚で夫に死別してゐる。東京を離れて、平塚に移る時大そう遠い所へゆくやうな気がしたが、今思へばそんなに遠い所ではない。

松原の美しい所であつた。晴れた日には富士が見えた。

夫の死後私は故郷の丹波に帰り、同じ年の四月に母を失つた。桜は散り、牡丹の花が開かうとする頃であつた。私は一人ぽつちになり暗澹として過してゐる中、病気になつてしまつた。ほとんど自分を支へることが出来ない気持ちであつたから病気になるのが当然であつたと思ふ。はじめ肋膜炎で絶対安静を命ぜられ、来る日も来る日もたゞ横たはつてゐた。二十三と言へば若いのに、私は、その時自分が若いことを忘れてゐたやうである。ひどく虚無的で、心身のどこにも力は無かつた。

一里ほど離れた所から医者が、毎日来て注射を打つた。カルシュームの注射で、からだがカッと熱くなる薬である。（中略）

人力車に乗つて来るのである。雨の日は車夫がはっぴを風呂の焚き口で火を燃やしてあぶつてゐた。（中略）私は曼珠沙華が好きなので、はじめて曼珠沙華の句をつくつて医師に見せた。歌のやうな言葉を使つた句であつたので、医師は、

「俳句は全部言つてしまつては駄目です。」

と、言つた。その中「倦鳥」と言ふ雑誌が届くやうになつた。

脈ありと言つて医者が紹介したのである。（中略）

扨私の所に「倦鳥」が来るやうになり、青々夫人よりも手紙を貰つた。俳句をしませんか、と書いてあつた。それから「倦鳥」を見てゐる中に、次第に親しみを感ずるやうになつた。

青々氏の俳句がいはゆる宗匠俳句では無かつたこと、自由な柔軟さに、驚いた。

山人の水こぼし行くすみれかな
夕立は貧しき町を洗ひ去る
山花水鳥皆知己にして衣更
草いきれ忘れて水の流るゝや

こんな句が目に入つた。すつきりとした美しさに強くひかれた私はその冬より句作をはじめてゐる。枕元に小さな手帳を置いて、何か書きつけはじめた。医者は私が作句しはじめた事を喜んで、私の句を、町の句会へ持つて行つた。（以下略）

（『私の歳時記』昭34　風発行所）

22 沢木欣一《さわききんいち》

1919〜

大正八年（一九一九）十月六日、富山市に生まる。本名欣一。父茂正、母園《その》の長男。父は歌人で「水甕」同人。年少時は父の任地朝鮮に育つ。元山中学を経て、昭和十四年、金沢の第四高等学校に入学、この頃より俳句を始め、四高俳句会を復活、「馬酔木」「鶴」「寒雷」「天香」などに投句。十七年、東大国文科入学、楸邨・草田男に師事、「寒雷」の編集に携わる。原子公平・金子兜太・安東次男らと交友。十八年、学徒出陣により金沢山砲隊に入営。十九年に東大卒業。満州牡丹江へ転戦中病いを得たが、二十年十月、金沢に復員した。二十二年、細見綾子と結婚。金沢大学助教授となる。二十一年、金沢から「風」を発刊、のち主宰し現在に至る。三十一年、文部省勤務となり金沢より武蔵野市に転居。四十一年、東京芸大教授。二十八年、綾子と「天狼」同人となる。この頃から「風」に社会性俳句の議論が盛んとなる。三十年十月、「俳句」に「能登塩田」三十句を発表。句集に『雪白』（昭19）、『塩田』（昭31）ほか、自伝俳句史『昭和俳句の青春』（平7）で俳人協会評論賞、『眼前』（平6）で詩歌文学館賞、『白鳥』（平7）で蛇笏賞を各受賞。

おびたゞしき[1]靴跡雪に印し征けり　昭15（『雪白』）

四高卒業金沢を去る
雪しろ[2]の溢るゝごとく去りにけり　昭17（〃）

復員後丹波に細見綾子を訪う
南天[3]の実に惨たりし日を憶ふ　昭20（『塩田』）

白桃に奈良[4]の闇より藪蚊来る　昭29（〃）

塩田[5]に百日筋目つけ通し　昭30（〃）

夜学生教へ桜桃忌[6]に触れず　昭33（『地聲』）

伊豆の海紺さすときに桃の花　昭40（〃）

棺かつぐときの顔ぶれ荒神輿[7]　昭41（〃）

(1) 金沢駅前広場で見た光景。
(2) 雪汁水とも雪白水ともいう。雪どけの水のこと。春の季語。
(3) 花のあと球形の小果を扇状に垂れ冬にかけ真っ赤に熟す。冬の季語。
(4) 「綾子、太郎と奈良日吉館」と前書。
(5) 「輪島よりバスで二時間町野町に一寒村あり、最も原始的な塩田を営む、嘗て二十余を数えたが衰えて二、三遺る」と前書のある二十五句中の一句。
(6) 六月十九日、太宰治の忌日。昭和二十三年玉川上水に投身自殺。夏の季語。
(7) 夏の季語。「栃木県佐久山天王祭」と前書のある七句中の一句。
(8) 「万灯籠　二月四日、奈良春日大社にて」と前書のある八句中の一句。
(9) 麦の黄熟すること。またはその頃の季節、五月下旬頃。夏の季語。
(10) 盆の十六日に、灯籠を灯して流水にながすことをいう。秋の季語。
(11) 海の白波のたとえ、美人の形容になっている。
(12) 「越中八尾町風の盆」と前書のある六句中の一句。
(13) 春の季語。「遍路、四国八十八札所、一番切幡寺まで十里十箇所を斎藤一

万燈[8]のまたたき合ひて春立てり　昭43（〃）

てのひらの鮎を女体のごとく視る　昭44（『赤富士』）

赤富士の胸乳《むなち》ゆたかに麦[9]の秋　昭45（〃）

流[10]燈の月光をさかのぼりたり　昭45（〃）

夕月夜[11]乙女《みやらび》の歯の波寄する　昭48（『沖縄吟遊集』）

町裏に白き瀬波や風[12]の盆　昭50（『二上挽歌』）

野に出でて鈴振るばかり偽[13]遍路　昭54（『遍歴』）

電話より雪の底なる母[14]の声　昭59（『眼前』）

郎君と歩く」と前書のある三十句中の一句。

(14) 園、九十二歳。

『塩田』

戦中派の青春
—句集『雪白』のこと—

沢木欣一

『塩田』(昭和三十一年刊)が私の処女句集のように一般に考えられているが、実はこの句集の十三年前、戦時下の昭和十九年に『雪白』という句集を出しているから、これが処女句集というのに当たるわけである。(中略)『雪白』は昭和十四年より十八年にいたる五年間の三百六句が載っている。旧制高校(四高)に入学しての三年間と大学(東大)の一年半との学生時代に作った句である。戦争が苛烈となり、昭和十八年十一月、学業半ばで私は兵隊に行くことになった。この時代、生死は期すべからざるもの、兵隊となることはだいたい死を意味したから、大げさに言えば遺書のつもりで『雪白』は出されたわけである。(中略)

金沢にて入営一週間後、学生ばかりの隊は満州牡丹江に移動した。酷烈な寒さに私の身体は堪えられず、年越えて牡丹江の陸軍病院に胸部疾患のため入院するていたらくであった。私の遺して来た句稿は原子公平によって編集され、大阪在住の細見綾子の手によって装幀、印刷製本に廻され、六月ころ入院中の私の手元に一本がはるばる海を越えて届けられた。戦時下の物資の極度の不足のため印刷製本にはたいへん難渋したらしい。いずれも大阪で仕事が進められたことは幸いであった。東京ほどにはまだ窮迫していなかったらしい。

『雪白』は掌に載せると指が染まるほど鮮やかな群青色の装幀であった。カバーは丁寧にも木版手刷りにて句集名が純白に抜かれ、句集表紙は和服の染め残しの方法で文字を白く浮き出していた。それに裏にはカバーにも表紙にも雪の結晶が単純化された高雅な意匠として用いられていた。このくらい贅を凝らした装幀は句集はもちろん当時刊行された書籍のなかでは珍しいものではないかと思う。私は病床で白衣の胸の上にこの句集を開き、もって冥すべしとの感慨に浸ったわけである。

『雪白』は公平・綾子両名の手によって先輩・知友の許に送られ、他日これに対する礼状が一まとめにして、また私の許に届けられた。斎藤茂吉や中野重治の毛筆のハガキ、今は亡き潁原退蔵・能勢朝次先生、杉浦正一郎・山崎喜好氏などの書簡その他、心に沁みるものばかりであった。私は兵隊の間、これらの手紙一束を何よりも大事に背嚢《はいのう》の一隅にひそませて、各地を巡った。保田与重郎氏からは当時刊行されたばかりの『南山踏雲録』が返礼にわざわざ病院まで送られて来た。(以下略)

(『俳の風景』昭61　角川書店所収)

23 金子兜太《かねことうた》

1919〜

大正八年（一九一九）九月二十三日埼玉県生まれ。本名兜太。父元春は、「馬酔木」同人であった金子伊昔紅。熊谷中学から水戸高等学校にすすみ、昭和十八年九月東京大学経済学部卒業。日本銀行に入ったがすぐ退職、海軍に入隊。主計短期現役として海軍経理学校で訓練を受け、昭和十九年サンパン島を経てトラック島に赴任。昭和二十一年、復員帰国。二十二年日本銀行に復職し、結婚。二十四年日銀従組事務局長となり、組合運動に専心する。その後、福島・神戸・長崎の支店、さらに本店と勤務して四十九年退職。俳句は父の影響もあるが、主として水戸高校時代に始まり、全国学生俳誌「成層圏」に参加。「土上」を経て「寒雷」で活動し、加藤楸邨に師事する。昭和二十一年「風」創刊に参加。二十年代末期「社会性論議」が起こると「社会性は態度の問題である。」と表明、社会的な姿勢を打ち出す一方で、方法としての造型論を説いて、前衛俳句の旗手として活躍した。昭和三十七年「海程」を創刊、代表同人となる。句集には『少年』（昭30）、『蜿蜿』（昭43）、『暗緑地誌』（昭47）、『金子兜太全句集』（昭50）、評論に『今日の俳句』（昭40）、『わが戦後俳句史』（昭60）等がある。

曼珠沙華どれも腹出し[1]秩父の子　昭和15〜18（『少年』）

朝はじまる海へ突込む鷗の死　昭28〜33（『金子兜太句集』）

もまれ漂う湾口の莚《むしろ》夜の造船　昭28〜33（〃）

[2]原爆許すまじ蟹かつかつと瓦礫あゆむ　昭29〜30（『少年』）

ガスタンクが夜の目標メーデー来る　昭29〜30（〃）

銀行員等朝より[3]蛍光す烏賊のごとく　昭和32（『金子兜太句集』）

[4]湾曲し火傷し爆心地のマラソン　昭33（〃）

[5]殉教の島薄明に錆びゆく斧　昭34（〃）

(1)　埼玉県西部。秩父は金子兜太の郷里。

(2)　昭和二十九年、「風」の社会性についてのアンケートに「社会性は態度の問題」と兜太は答えている。こうした理論を背景にしての作品。

(3)　蛍光灯の光りを反映させて、蛍の光りのように発光するさまをいう。

(4)　長崎時代の作。兜太の前衛俳句の基盤は神戸で培われ、長崎時代に著しい発展を見たと言われる。

(5)　長崎周辺にある、隠れ切支片の悲話をもつ島のひとつ。特定の島と取らなくてよい。

(6)　当時作者の住んでいた都内杉並区の社宅の近くにあったものという。

(7)　秩父は「秩父困民党」を生んだ地。ここは兜太の父母を含めて、「霧の村」に生き、死んでいった多くの父や母たちを指す。

(8)　この句「東北・津軽にて」の前書きを持つ。

果[6]樹園がシャツ一枚の俺の孤島　昭35（〃）

夜空ふかく白鳥放つ汽笛に寝て　昭36（『蜿々』）

どれも口美し晩夏のジャズ一団　昭37（〃）

霧の村石を投《ほう》らば父[7]母散らん　昭37（〃）

人[8]体冷えて東北白い花盛り　昭37（〃）

暗黒や関東平野に火事一つ　昭44（『暗緑地誌』）

猪が来て空気に食べる春の峠　昭52～56（『遊牧集』）

梅咲いて庭中に青鮫が来ている　昭52～56（〃）

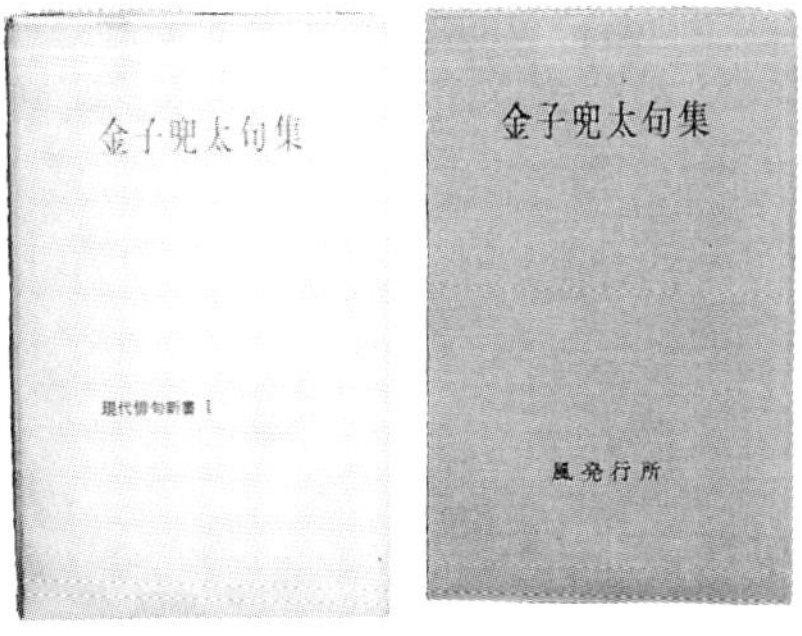

『金子兜太句集』

金子兜太「自作ノート」

魚雷の丸胴蜥蜴這い廻りて去りぬ

昭和十九年（一九四四年）三月、ミクロネシアの一珊瑚島嶼トラック島に、海軍主計科の一員として赴任した。その一と月まえの米機動部隊による二日連続の空襲によって、島はほとんど壊滅状態になっていたが、それでも航空基地はまだ生きていて、零戦や艦攻・爆撃機が動いていた。七月のサイパン島陥落までは、トラック島は中部太平洋の要衝としてまがりなりにも機能していたのである。

　したがって航空基地のジャングルのなかには、好く磨かれた鉄の匂うような魚雷が隠されてあって、いつでも魚雷機に搭載できる状態になっていた。その並べられた魚雷の丸い胴を蜥蜴がチョロチョロ這いまわり、すぐ草むらに消えてしまったのだが、その一瞬のなまなましい膚触感に、しーんとした緊張があった。

「古手拭のほとりに置きて糞る」のような防暑服と褌一本の生活は、私の性に合っていて、いまでも忘れられないが、しかし、「水脈の果炎天の墓碑を置きて去る」のような句にこめた、多数の非業の死者への思いは、それにも増して私にかぶさっている。その重みは、いまでも変ることはない

もまれ漂う湾口の筵夜の造船

神戸港の防波堤には、昼間はたくさんの鷗がとまっていて、防波堤にそって湾口にくると、潮が蒼黒く厚ぼったく盛りあがっていた。防波堤のなかの潮は、箱庭のなかのように人工的でやさしかったが、湾口の潮だけは、獣のように蠢《うご》めいていた。

　そのなかに、筵が一枚、沈みきりもせず、むろん海上に浮上もしないで、中途半端な状態で漂っていたのである。それを見て帰った夜、この句ができたのだが、港につきだした造船会社のドックには、建造中の船がいて、夜は満艦飾といえるほどの作業灯をつけていた。しかし、その灯が映る湾口の潮のなかには、一枚の筵が、暗くもまれ漂っていたのである。その筵の無気味さ、眼の強さ

　当時、俳句における社会性とは何かについて活発な論議がおこなわれていたが、私は「社会性は態度の問題」と決めて、自分の内部秩序〈主体〉の確立に意をそそいでいた。〈主体の表現〉を俳句の方法としたのもこの時期である。「銀行員ら朝より蛍光す烏賊のごとく」とか、「夜の果汁喉で吸う日本列島若し」「山上の妻白泡の貨物船」「強し青年干潟に玉葱腐る日も」「白い人影はるばる田をゆく消えぬために」「車窓より拳現われ早魃田」などと多作していた時期でもある。

（立風書房「現代俳句全集二」）

24 森澄雄《もりすみお》

1919〜

大正八年（一九一九）二月二十八日兵庫県に生まる。本名澄夫。父貞夫、母まつ。父は歯科医、長崎で開業し、澄雄は六歳以降長崎で育つ。長崎県立瓊浦中学、長崎高商を経て昭和十五年九大法文学部経済科に入学。十七年卒業、直ちに久留米連隊に応召。十九年ボルネオに出征し惨憺たる状況で終戦を迎える。二十一年復員。佐賀県立鳥栖高等女学校に勤務。アキ子夫人を知り、二十三年結婚。上京し都立第十高等女学校（現豊島高校）に勤務。五十二年退職するまで社会科教諭。俳句は、長崎高商時代下村ひろしの句会に出席、加藤楸邨の指導を受けた。「寒雷」創刊（昭15）より投句して本格的に楸邨に師事する。昭和二十五年「寒雷」同人。三十二年より四十六年まで「寒雷」の編集に携わる。昭和四十五年主宰誌「杉」を創刊、今日に至る。この間句集『雪櫟』（昭29）、『花眼』（昭44）、『浮鷗』（昭48）、『鯉素』（昭52）、『游方』（昭55）、『四遠』（昭61）、『余白』（平4）等、評論に『森澄雄評論集』（昭46）、『俳句の現在』（平元）等がある。『鯉素』で読売文学賞、『四遠』で蛇笏賞、昭和六十二年に紫綬褒賞各受賞。

家に時計なければ雪はとめどなし　昭25（『雪櫟』）

除夜の妻[1]白鳥のごと湯浴みをり　昭28（〃）

磧にて白桃むけば水過ぎゆく　昭30（『花眼』）

花杏旅の時間は先へひらけ　昭36（〃）

桐咲くや父死後のわが遠目癖　昭38（〃）

雪嶺のひとたび暮れて顕[2]はるる　昭41（〃）

雪国に子を生んでこの深まなざし　昭42（〃）

きのふ見し雪嶺を年移りたる　昭47（『浮鷗』）

(1)　澄雄の妻アキ子、昭和二十三年結婚。
(2)　日の暮れたあと月光に照らされて顕われるのである。
(3)　波に浮かぶ鷗を浮かんでいることを強調した表現。
(4)　牡丹のこと、夏の季語。
(5)　京都市左京区鹿ケ谷にある単立寺院。
(6)　比良八荒。比良山地から吹きおろす北または西の春寒の強風のこと。比良八講の行われる陰暦二月二十四日ごろ吹くことが多かったのでこう呼ばれる。

白をもて一つ年とる浮鷗[3]　昭47（〃）

ぼうたん[4]の百のゆるるは湯のやうに　昭48（『鯉素』）

若狭には仏多くて蒸鰈　昭50（〃）

大年の法然院[5]に笹子ゐる　昭51（〃）

八荒[6]やこゑふえそめし百千鳥　昭52（『游方』）

こほるこほると白鳥の夜のこゑ　昭53（〃）

秋山と一つ寝息に睡りたる　昭59（『四遠』）

はるかまで旅してゐたり昼寝覚　昭60（〃）

『花眼』

伝統

森澄雄

石田波郷の応召「留別」の作に

雁やのこるものみな美しき

の有名な句がある。「昭和十八年九月二十三日召集令状来。雁のきのふの夕とわかちなし、夕映えが昨日のごとく美しかった。何もかも急に美しく眺められた。それらのことごとくを残してゆかねばならぬのであった」。一句の心はこの自注にすべてはつくされていよう。しかしこの一句の雁はたまたまその日空を渡っていたものかどうか。だが、詩歌の伝統の中でしばしば詠われてきた、最もなつかしきもの、はるかなものの象徴としてこの「雁や」は動かない。季題は単なる即事実的な季物ではない。文化の伝統でもあろう。また死を覚悟して出で征つ波郷の心にも雁の思いがあったであろう。

雁の数渡りて空に水尾もなし　澄雄

これは近江堅田での拙作。近江にひかれたのは一作々年シルクロードの旅の途上、砂漠の町、またチムール帝国の壮麗な遺構をもつサマルカンドの一夜、夜のしずかな床上の思いに、ふと芭蕉の「行春を近江の人とをしみける」が浮かび、深々とぼくの胸を打って以来だが、いわば芭蕉の近江にひかれて、それ以後何回近江へ旅を重ねたろう。もう近江での作も百句に近い。

一句は堅田の旅宿での朝の遅い目覚め、そのまま部屋から湖の葦の中につきでたヴェランダに出て、ひろびろとした朝の湖水に目をやっていたとき、たまたま湖北の空から湖南にかけて、澄んだ湖上の空を羽ばたきが見える距離で雁の列が渡っていった。ほかならぬ芭蕉の「病雁」の堅田で、予期せぬ雁の列を見たやや呆然とした感動の心に、しばらくその列の消えていったあとの青空を仰いでいた。一句は単なる矚目の実景としてなら単に「雁の列」と詠ってもよかった。だが「雁の数」としたのは、その一羽一羽を見送る愛惜のまなざしとともに、あるいは昨日も渡り、明日も渡るかも知れぬ、また遠く芭蕉の時代にも渡ってきた、そうした雁たちへの、またはるかな芭蕉に思いをつなぐ心でもあった。その成否は別として、「数」の一字を置くまでの腐心と工夫には作者のそうしたさまざまの思いがあった。

（『毎日俳壇俳句作法』昭56　毎日新聞社）

25 飯田龍太《いいだりゅうた》

1920〜

大正九年（一九二〇）七月十日、山梨県に生まる。本名龍太。父武治（蛇笏）、母菊乃の四男。父は俳人で「雲母」の主宰。甲府中学を経て、昭和十五年折口信夫に惹かれ国学院大学に入学。しかし病気のため昭和十八年帰郷し、以後農耕に従事。昭和二十年七月、甲府空襲により印刷所全焼、「雲母」休刊となる。二十一年「雲母」東京にて復刊。二十二年、折口信夫の勧めにより上京し卒業単位を修得し卒業。「雲母」の編集にあたっていたが、七月帰郷。二十五年「雲母」の発行所を東京から山梨に移す。昭和二十六年より二十九年まで山梨県立図書館に勤務。昭和三十七年十月三日蛇笏死去、「雲母」を継承主宰する。句集に『百戸の谿』（昭29）、『童眸』（昭34）、『麓の人』（昭40）、『忘音』（昭43）、『涼夜』（昭52）、『山の影』（昭60）等。「現代俳句協会賞」（昭43）、「読売文学賞」（昭44）、「日本芸術院賞恩賜賞」（昭56）、「紫綬褒賞」（昭58）各受賞。昭和五十九年日本芸術院会員に任命される。平成四年、蛇笏没後三十年と同時に主宰三十年で、これを機に「雲母」九百号の八月をもって終刊することを宣言する。

春の鳶寄りわかれては高みつつ　昭21（『百戸の谿』）

雪山に春の夕焼滝をなす　昭26（〃）

ひややかに夜は地をおくり鰯雲[1]　昭27（〃）

春すでに高嶺未婚[2]のつばくらめ　昭28（〃）

大寒の一戸もかくれなき故郷[3]　昭29（『童眸』）

雪の峰しづかに春ののぼりゆく　昭29（〃）

手が見えて父[4]が落葉の山歩く　昭35（『麓の人』）

父母[5]のなき裏口開いて枯木山　昭41（『忘音』）

(1) 巻積雲あるいは高積雲のことで、さざ波に似た小さな雲片の集まり。魚鱗のように見えることから鱗雲とも言う。

(2) つばめに対し未婚と言ったところに青春性が表れている。

(3) 作者の住む甲府盆地。とくに境川村小黒坂は盆地から山に上りかけた所にあり、寒中の空気は澄んでいる。

(4) 飯田蛇笏。蛇笏は「雲母」を主宰し龍太はこれを受け継ぐ。昭和三十七年十月死去。

(5) 母も父の死後三年、昭和四十年十月に死去。

(6) 作者の家の近くを流れている狐川の渓谷にいる沢蟹であろう。

(7) あすなろ。ヒノキ科の常緑高木で日本特産。葉は檜に似て大きい。語源は「あすはひのきになろう」の意からとも。

(8) 仏や師祖に関係のある寺院、なかでも弘法大師修行の遺跡である四国八十八箇所をめぐり歩いて参拝すること。

子の皿に塩ふる音もみどりの夜　昭41（〃）

一月の川一月の谷の中　昭44（『春の道』）

沢(6)蟹の寒暮を歩きゐる故郷　昭46（『山の木』）

朧夜のむんずと高む翌(7)檜　昭47（〃）

白梅のあと紅梅の深空あり　昭48（〃）

春の夜の藁屋ふたつが国境　昭51（『涼夜』）

初夢のなかをわが身の遍(8)路行　昭56（『今昔』）

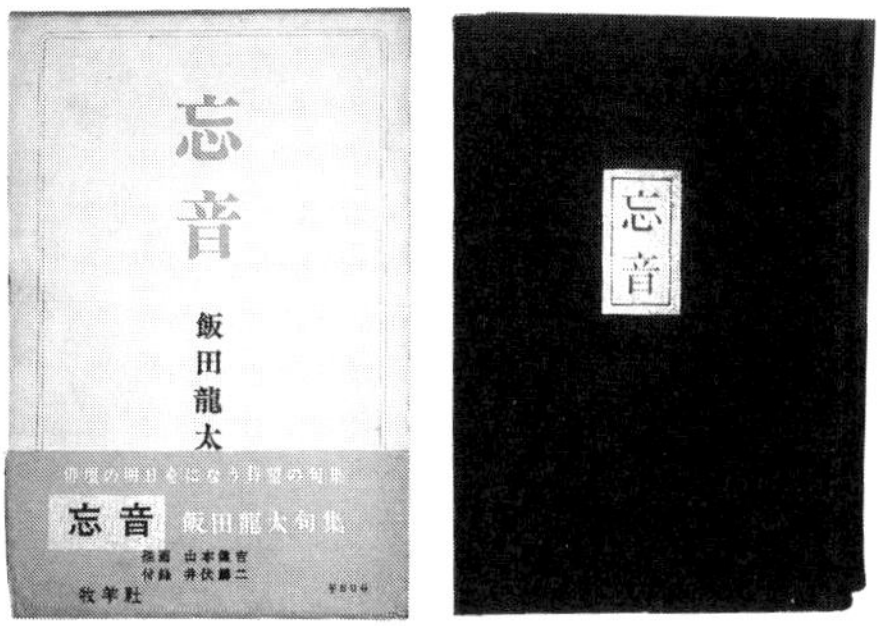

『忘音』

裏口の風景

飯田龍太

俳句作法というからには、この辺で自作の手の内を白状しなければなるまい。

昭和三十七年秋、父が死に、その三年後に母を亡くした。そのとき生まれた一連の作品のなかに、

父母の亡き裏口開いて枯木山

という句があるが、この初案は、

母はいまは亡き裏口に枯木山

これでもまあ、その時の感慨は一応出ているだろうと思ったが、「いまは」は情に流れた言葉。その上、亡くなった父を失念しては片手落ちである。したがって、

父母の亡き裏口に枯木山

と改案。二、三日して前記のような作品に落ち着いた。「開いて」は枯木山そのものを眼前に据えたかったためだが、こうした骨法の基盤には、いまふり返ってみると、どうやら

遠山に日の当りたる枯野かな　虚子

という愛誦句があったのではなかったかと思われる。俳句は、あれもこれもではなく、あれかこれか。この選択を自らに課して情を抑えねばならないようだ。

さらにもう一句、似たような作例をあげると、

生前も死後もつめたき箒の柄

この初案は、実際目にした通り、

松の根にかけてつめたき箒の柄

その竹箒は、母が重患に臥して起床がかなわなくなる日まで用いていたものだが、歿後、何日かして、ふと庭松の根方に見かけた。その柄はべっとりと朝露に濡れていた。

しかし、この表現では、そこに箒があるというだけで、前後の作品を知らなかったら、まことに平凡な実景。かといってうまい表現も思い浮かばぬ。それならいっそのこと、居直って読者を無視し、自分だけでも納得する作品にするより外あるまいと考えてこんな句になった。

こういうわがままが、私の作品には、時折頭を出す。すべて失敗とは思いたくないが、どう慾目にみても、成功率は十中一、二句の程度か。それに悩んだ末に

一月の川一月の谷の中

という作品が生まれたというなら、賛否はともかく、私としては自足するよりほかはない。これは、初案も改案もない作品である。

（『毎日俳壇俳句作法』昭56　毎日新聞社）

雪

雪片のつれ立ちてくる深空かな　高野素十（『雪片』）

しん〳〵と雪降る空に鳶[1]の笛　川端茅舎（『川端茅舎句集』）

地の涯に倖ありと来しが雪　細谷源二（『砂金帯』）

点燈す手の高さより雪降りをり　森澄雄（『雪櫟』）

雪の水車ごつとんことりもう止むか　大野林火（『白幡南町』）

降[2]る雪に胸飾られて捕へらる　秋元不死男（『瘤』）

神の手の雪のこぼるる産屋[3]かな　野見山朱鳥（『天馬』）

古る嶺もふるき泉も雪ふれり　飯田龍太（『百戸の谿』）

病む夫にはげしき雪を見せんとす　山口波津女（『良人』）

鍵穴に雪のささやく子の目覚め　石原八束（『玄猿』）

(1)　鳶の鳴き声を、笛の音に見立てた表現で、茅舎の造語といわれる。

(2)　「昭和十六年二月四日未明、俳句事件にて検挙され、横浜山手警察署に留置さる」の前書のある二句中の一句。

(3)　出産のけがれを忌み、産婦を隔離するために別に建てる家屋。産所。

月

空をあゆむ朗々と月ひとり　荻原井泉水（『原泉』）

月明や山彦湖をかへし来る　水原秋桜子（『葛飾』）

外にも出よ触るるばかりに春の月　中村汀女（『花影』）

奈良の月山出て寺の上に来る　山口誓子（『青銅』）

船の名の月に読まるゝ港かな　日野草城（『花氷』）

風立ちて月光の坂ひらひらす　大野林火（『白幡南町』）

月白(1)の濃くなりまさり月に消ぬ　篠原梵（『雨』）

手を拍《う》つて鯉をはげます十三夜(2)　沢木欣一（『赤富士』）

白桃や満月はやゝ曇りをり　森　澄雄（『雪櫟』）

紺絣(3)春月重く出でしかな　飯田龍太（『百戸の谿』）

(1) 月が出ようとして東の空が白みわたることをいう。秋の季語。

(2) 陰暦九月十三夜の月。前月に十五夜の名月を祭ったのに対して後の月という。十三夜の月見は中国には無い行事で、宇多法皇が延喜十九年九月十三日に宮中で催したのに始まると伝える。

(3) 紺地に白くかすりを織りだした木綿の織物。久留米絣、伊予絣など。普段着に用いた。

花

まさをなる空よりしだれざくらかな　富安風生（『松籟』）

東大寺湯屋の空ゆく落花かな　宇佐美魚目（『天地存問』）

上野公園

夜桜やうらわかき月本郷に　石田波郷（『鶴の眼』）

桜咲きらんまんとしてさびしかる　細見綾子（『冬薔薇』）

ゆさ〳〵と大枝ゆるゝ桜かな　村上鬼城（『鬼城句集』）

渡辺町といふところ

したゝかに水をうちたる夕ざくら　久保田万太郎（『草の丈』）

ちるさくら海あをければ海へちる　高屋窓秋（『白い夏野』）

花あれば西行[1]の日とおもふべし　角川源義（『西行の日』）

大仏殿いでて桜にあたたまる　西東三鬼（『夜の桃』）

山桜青き夜空をちりゐたる　石橋辰之助（『山暦』）

(1)　西行は平安朝末期の歌人。「願はくは花のもとにて春死なむそのきさらぎの望月の頃」と詠じたように、建久元年（一一九〇）二月十六日、七十三歳で河内弘川寺に入寂した。春の季語。

鳥

高浪にかくるゝ秋のつばめかな　飯田蛇笏（『白獄』）

鶴の影舞ひ下りる時大いなる　杉田久女（『杉田久女句集』）

網舟の波とうちあふ浮巣[1]かな　阿波野青畝（『万両』）

白鳥といふ一巨花を水に置く　中村草田男（『来し方行方』）

色鳥[2]や買物籠を手に持てば　鈴木真砂女（『卯浪』）

つばめ〳〵泥が好きなる燕かな　細見綾子（『桃は八重』）

凍鶴[3]に忽然と日の流れけり　石橋秀野（『桜濃く』）

雁や残るものみな美しき　石田波郷（『病雁』）

大年の法然院に笹子[4]ゐる　森　澄雄（『鯉素』）

春の鳶寄りわかれては高みつつ　飯田龍太（『百戸の谿』）

(1) 鳰（かいつぶり）が沼や湖に浮いている水草の上に掛けた巣のこと。営巣は梅雨の前後に多く見られる。「鳰の浮巣」とも。夏の季語。

(2) いろどり。秋渡ってきた小鳥たち（あとり・まひわ・びょうびたきなど）は、とりどりに色美しいので総称していう。秋の季語。

(3) 寒い日の鶴の感じをいう。身じろぎもせず、曲げた首を自分の翼深くうずめて片足で立っている姿が見られる。「冬の鶴」。冬の季語。

(4) その年生まれの鶯の幼鳥をいう。冬の季語。

愛

木の葉髪[1]背き育つ子なほ愛す　大野林火（『冬雁』）

妻へ帰るまで木枯の四面楚歌[2]　鷹羽狩行（『誕生』）

冬草や黙々たりし父の愛　富安風生（『米寿前』）

綾子誕生日に
わが妻に永き青春桜餅　沢木欣一（『塩田』）

人思ふ時元日も淋しけれ　高橋淡路女（『梶の葉』）

告げざる愛雪嶺はまた雪かさね　上田五千石（『田園』）

きさらぎの風吹ききみはひとの夫　桂信子（『女身』）

鳥ぐもり[3]子が嫁してあと妻残る　安住敦（『午前午後』）

子を殴《う》ちしながき一瞬天の蟬　秋元不死男（『街』）

栗飯を子が食ひ散らす散らさせよ　石川桂郎（『含羞』）

(1)　晩秋から初冬にかけて木の葉がしきりに落ちるように、人の毛髪も普段より余計に抜けるのをいう。冬の季語。

(2)　四面みな敵で、たすけもなく孤立すること。

(3)　雁や鴨などの候鳥が帰るころに続く曇り空をいう。春の季語。

旅

ふるさとの月の港をよぎるのみ[1]　高浜虚子（『五百句』）
旅なれやひろひてすつる栗拾ふ　篠田悌二郎（『四季薔薇』）
ねむりても旅[2]の花火の胸にひらく　大野林火（『冬雁』）
船戸
行きゆきて深雪の利根の船に逢ふ　加藤楸邨（『寒雷』）
しんしんと肺碧きまで海の旅　篠原鳳作（『篠原鳳作句文集』）
火に寄れば皆旅人や雪合羽　細見綾子（『雉子』）
霧をゆき父子[3]同紺の登山帽　能村登四郎（『合掌部落』）
夏帽子こめかみ深く旅[4]出づる　沢木欣一（『塩田』）
旅は日を急がぬごとく山[5]法師　森　澄雄（『鯉素』）
摩[6]天楼より新緑がパセリほど　鷹羽狩行（『遠岸』）

(1)　昭和三年十月、第二回関西大会に出席のため瀬戸内海を渡って別府に着いている。この船は故郷松山には寄っていない。
(2)　「豊川鳥山美水居にて」の前書きを持つ。
(3)　「萌子を伴ひて立山に登る」の前書きを持つ。
(4)　「加藤楸邨氏に伴われ一週間程の小旅行をする。佐渡行きに皆川弓彦、峯村文人両氏も加わる。」の前書きを持つ。
(5)　ミズキ科の落葉高木。夏、細花が密生するが、その周囲にある四枚の苞が白い花弁のようで美しい。
(6)　「エムパイヤ・ステート・ビル」の前書きを持つ。

風・雨

春の雨瓦の布目ぬらし去る　細見綾子（『伎藝天』）

さみだれのあまだればかり浮御堂[1]　阿波野青畝（『万両』）

しぐるるや駅に西口東口　安住敦（『古暦』）

白墨の手を洗ひをる野分かな　中村草田男（『長子』）

ひとり膝を抱けば秋風また秋風　山口誓子（『七曜』）

春風や仏を刻むかんな屑　大谷句仏（『句仏集』）

いつ濡れし松の根《ね》方《かた》ぞ春しぐれ　久保田万太郎（『流寓抄』）

秋雨や夕餉の箸の手くらがり　永井荷風（『荷風句集』）

水車迅くめぐりて村は夕立晴　皆吉爽雨（『遅日』）

おさがり[2]のきこゆるほどとなりにけり　日野草城（『昨日の花』）

(1) 滋賀県堅田町の琵琶湖の水面に浮かんだように造った千体仏堂。満月寺という。
(2) 「お降り」、元日または三が日に降る雨や雪。縁起よくいった言葉。

死

念力のゆるめば死ぬる大暑かな　村上鬼城（『定本鬼城句集』）

子規逝くや十七日の月明に[1]　高浜虚子（『年代順虚子俳句全集第二巻』）

横光利一の訃に接す[2]

また人の惜まれて死ぬ寒さかな　久保田万太郎（『流寓抄』）

あぢさゐのさみどり母は若く死にき　篠原悌二郎（『玄鳥』）

月光は美し吾は死に侍りぬ[3]　橋本多佳子（『海燕』）

寂かなる汝が顔はたとことぎれし[4]　滝　春一（『燭』）

死顔に涙の見ゆる寒さかな[5]　大野林火（『海門』）

死や霜の六尺の土あれば足る　加藤楸邨（『野哭』）

死にたれば人来て大根煮きはじむ　下村槐太（『天涯』）

長男爽一急逝、六歳なり

逝く吾子に万葉の露みなはしれ　能村登四郎（『咀嚼音』）

(1)　子規が没したのは明治三十五年九月十九日午前一時。子規の看病は前年来、虚子・碧梧桐・左千夫・鼠骨らの輪番で行われていた。この時の当番は虚子。虚子の小説「柿二つ」にその時の様子が書かれている。

(2)　小説家。川端康成とともに新感覚派運動を展開し、ついで新心理主義文学に移った。作品に「日輪」「機械」「旅愁」がある。昭和二十二年十二月三十日死去。

(3)　夫豊次郎の死（昭和十二年九月三十日）。

(4)　「妻あき逝く。昭和四十年二月十六日、国立東京第一病院にて」の前書きを持つ。

(5)　大野林火の妻歌の死顔。歌の亡くなったのは昭和七年三月。

近代俳句略年表

年次	俳壇動向	俳誌創刊等
明14	正岡子規句作を始む。	
20	⑦子規帰省し大原其戎に俳諧を聞く。	
22	⑤子規喀血し、子規と号す。	
25	⑥子規、新聞「日本」に「獺祭書屋俳話」を発表。俳諧革新の第一歩となる。	
28	③子規日清戦争に従軍記者として出征、喀血。夏目漱石句作を始める。「日本俳句欄」に碧梧桐・虚子ら頭角をあらわし日本派盛んとなる。	
30	①柳原極堂松山に「ホトトギス」創刊。	①「ホトトギス」創刊
31	⑩「ホトトギス」東京に移り虚子が発行を担当。	
35	⑩碧梧桐が子規没後の「日本」俳句選を継承。	⑨子規没
36	⑩「温泉百句」で虚碧論争。	
38	碧派では俳三昧をしきりに催し、碧梧桐選の「日本」俳句隆盛。	
39	③碧派の俳三昧に対し虚子中心の俳諧散心始まる。⑧碧梧桐第一次全国俳句行脚に出発。	
41	②「アカネ」創刊号に大須賀乙字の「俳句界の新傾向」が載り、新傾向俳句運動始まる。⑧虚子再び俳諧散心を催し、最終日俳句袂別を宣言し、小説に専念。	
42	④碧梧桐第二次全国俳句行脚に出発。新傾向俳句全国的に流行。	
43	新傾向俳句難解佶屈の俳調となり乙字、批判的となる。⑪碧、備中玉島に至り、一碧楼らと玉島俳三昧を修し、「無中心論」唱える。	
44	④井泉水「層雲」において、乙字とは別の立場で、新傾向を批判。	④「層雲」(井泉水)
明45(大元)	⑤虚子、非新傾向を掲げ「ホトトギス」に雑詠欄を再興して俳壇に復帰。鬼城、蛇笏ら雑	⑥「試作」(一碧楼) ⑦大正と改元

	詠欄で活躍を始める。	②「渋柿」(東洋城)
大3	新傾向の分裂と頽勢に代わって虚子の「ホトトギス」が俳句界に主流の座を占める。	③「海紅」(碧梧桐・一碧楼) 「石楠」(亜浪・乙字ら)
5	③虚子、国民俳壇選を東洋城より取り戻し、両者不和の原因となる。	大3・⑪「倦鳥」(青々) 大7・⑦「天の川」(禅寺洞)
9	秋桜子「渋柿」を離れて「ホトトギス」に加わる。 ⑫碧梧桐外遊し「海紅」は一碧楼主宰となる。	大9・⑪「京鹿子」(野風呂) 大10・⑤「鹿火屋」(石鼎)
14	①蛇笏「雲母」主宰者となる。	大12・⑨関東大震災
昭2	⑥虚子初めて「花鳥諷詠」を説く。「層雲」にプロレタリヤ俳句現わる。	大15・⑫昭和と改元
3	秋・山口青邨が、秋桜子・誓子・素十・青畝を「ホトトギス」の4Sと称する。	昭4・①「かつらぎ」(青畝)
4	⑫「戦旗」に栗林一石路らプロレタリヤ俳句を発表	昭5・④句集『葛飾』(秋桜子)
6	①プロレタリヤ俳人連盟結成。 ③「層雲」に自由律俳句の名称出る。 ⑩秋桜子「ホトトギス」を脱退し「馬酔木」拠る。	①「プロレタリヤ俳句」(一石路ら) 昭7・③「花衣」(久女)
8	新興俳句隆盛期を迎える。	⑤句集『凍港』(誓子)

10	③碧梧桐俳壇を引退 ①新興俳句に無季容認、連作俳句の論盛んになる。 ⑤誓子「ホトトギス」を脱して「馬酔木」に加わる。 秋桜子、無季俳句を批判し新興俳句と一線を画す。	①「京大俳句」(静塔ら) ①「旗艦」(草城)
11	⑩草城・禅寺洞・久女ら「ホトトギス」同人を除名。	
12	⑦日支事変の勃発により俳人応召続き、新興俳句停滞	昭12・②碧梧桐没
13	日支事変の拡大に伴い、戦争俳句多く現われ、戦争俳句論盛んになる。	⑨「鶴」(波郷) ⑨鬼城没
14	⑧「俳句研究」の座談会で「波郷・草田男・楸邨らに「人間探求派」「難解派」の名称が冠せられる。	
15	②戦時下俳人弾圧「京大事件」起り静塔らが検挙、8月には三鬼らも検挙される。 ⑩禅寺洞は新興俳句の名を放棄、草城は「旗艦」選者を辞退する。 ⑫虚子会長の「日本俳句作家協会設立。	⑩「寒雷」(楸邨) ⑩山頭火没

17	⑥2月設立の日本文学者会は日本文学報国会となる。	昭16・⑫太平洋戦争はじまる。
18	俳人の応召多く、波郷・沢木欣一など相次ぐ。	
19	雑誌統制が強化され、俳誌の統合・廃休刊が相次ぐ。	昭20・⑧太平洋戦争終る。
21	⑦草田男、秋邨の戦中言動を批判する。 ⑪桑原武夫「第二芸術」を「世界」に発表し、衝撃を与える。	①久女没 「浜」(林火)「笛」(たかし) ⑤「風」(欣一)
22	⑨波郷・三鬼ら現代俳句協会設立。	昭23・①「天狼」(誓子)
23	誓子、俳句根源説提唱。	「七曜」(多佳子)
24	根源俳句の論議活発になる。	昭24・⑩「氷海」(不死男)
26	④平畑静塔「馬酔木」に俳人格論を発表。	昭26・⑥「萬緑」(草田男)復刊
28	②草田男の句集『銀河依然』中の「社会性」の語が発端となり社会性俳句の論議はじまる。	昭28・④「鶴」(波郷)復刊
29	社会性論議盛んとなる。 ⑪虚子文化勲章を受ける。	
31	②金子兜太造型俳句を提唱、社会性俳句論議下火となる。	
35	⑥現代俳句協会では安保条約の国会審議の責任追及声明を出す。	昭34・④虚子没

36	⑩現代俳句協会より草田男・波郷ら伝統派俳人が脱退し12月「俳人協会」を設立。	昭37・④「海程」(兜太) 昭37・⑩蛇笏没
40	⑫秋桜子芸術院会員に推される。	昭38・⑤万太郎・多佳子没
47	山頭火ブームに続いて放哉など漂泊俳人がブームとなる。	昭44・⑪波郷没
51	②俳句文学館が竣工し、4月より開館。	昭45・⑩「杉」(澄雄)「沖」(登四郎)
55	④「ホトトギス」千号に達する。	
57	⑨現代俳句協会創立三五周年。 ⑪俳人協会創立二十周年。	昭57・③冬一朗、⑧林火没 昭58・③草田男、⑫白紅没
58	⑪山本健吉、文化勲章受章。	昭59・⑥白葉女、⑪孝作没
59	⑪龍太芸術院会員に推される。	昭62・⑥照雄没
60	⑪楸邨芸術院会員に推される。	昭63・⑥秋を、⑫青邨没
61	⑩子規記念博物館で「国際化と松山」と題する講演会・シンポジウム開催。 この年、現代俳句協会に国際部新設。	平1・昭和天皇崩御、平成と改元 ⑥中国で天安門事件起こる 平2・①展宏、読売文学賞受賞
62	③誓子、日本芸術院賞受賞。 ④日本伝統俳句協会発足。	⑦「俳句」五〇〇号に達する
平元	⑫国際俳句交流協会創設。	平4・⑫青畝没
1	⑤山梨県に加藤楸邨記念館落成。	平5・⑦楸邨没 平6・③誓子没 ⑥「天狼」(誓子)終刊

近代俳人系統図

- 皆吉爽雨
- 野見山朱鳥
- 波多野爽波
- 大橋桜坡子
- 阿部みどり女
- **山口誓子**
  - 鷹羽狩行
  - **橋本多佳子**
    - 堀内薫
  - 三谷昭
  - **西東三鬼**
    - 三橋敏雄
    - 鈴木六林男
  - 加藤かけい
  - 平畑静塔
- 日野草城
  - 富沢赤黄男
  - 桂信子
  - 伊丹三樹彦
- 鈴鹿野風呂
  - 丸山海道
- **中村草田男**
  - 高橋沐石
  - 北野民夫
  - 香西照雄
- **水原秋桜子**
  - **加藤楸邨**
    - 安藤次男
    - 赤城さかえ
    - 古沢太穂
    - 原子公平
    - **沢木欣一**
    - **金子兜太**
    - **森澄夫**
    - 平井照敏
  - 滝春一
  - 高屋窓秋
  - 石橋辰之助
  - **石田波郷**
    - 斎藤玄
    - 石川桂郎
    - 石塚友二
    - 草間時彦
    - 星野麦丘人
  - 能村登四郎
- **杉田久女**
- 川端茅舎
- 島田青峰
  - 秋元不死男
    - 上田五千石
- 松本たかし
- **村上鬼城**
- 長谷川零余子
  - 松原地蔵尊
- 山口青邨
  - 篠原鳳作
- 富安風生
  - 清崎敏郎
- 中村汀女
- 高浜年尾
  - 稲畑汀子
- **前田普羅**
- 阿波野青畝
- **飯田蛇笏**
  - 長谷川双魚
  - 石原八束
  - **飯田龍太**
    - 広瀬直人
    - 福田甲子雄

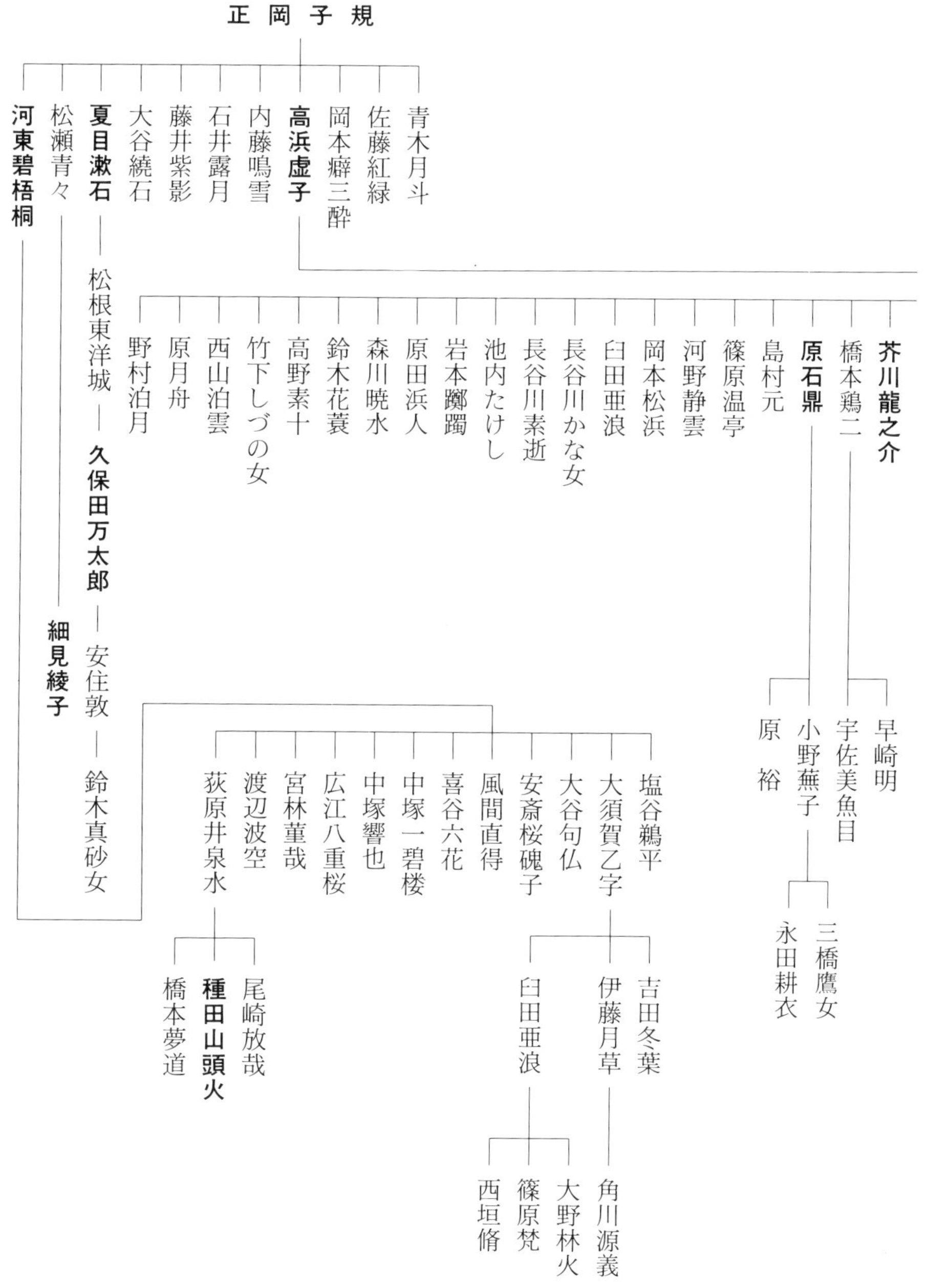
正岡子規
青木月斗
佐藤紅緑
岡本癖三酔
高浜虚子
内藤鳴雪
石井露月
藤井紫影
大谷繞石
夏目漱石
松瀬青々
河東碧梧桐
芥川龍之介
橋本鶏二
原石鼎
島村元
篠原温亭
河野静雲
岡本松浜
臼田亜浪
長谷川かな女
長谷川素逝
池内たけし
岩本躑躅
原田浜人
森川暁水
鈴木花蓑
高野素十
竹下しづの女
西山泊雲
原月舟
野村泊月
早崎明
宇佐美魚目
小野蕪子
原裕
三橋鷹女
永田耕衣
松根東洋城
久保田万太郎
安住敦
鈴木真砂女
細見綾子
塩谷鵜平
大須賀乙字
大谷句仏
安斎桜磈子
風間直得
喜谷六花
中塚一碧楼
中塚響也
広江八重桜
宮林菫哉
渡辺波空
荻原井泉水
吉田冬葉
伊藤月草
臼田亜浪
角川源義
大野林火
篠原梵
西垣脩
尾崎放哉
種田山頭火
橋本夢道

近代俳句研究文献一覧

◉作家研究

◆正岡子規

松井利彦『正岡子規』（日本近代文学大系16）　一九七二　角川書店
山本健吉『子規と虚子』　一九七六　河出書房新社
松井利彦『正岡子規の研究（上）（下）』　一九七六　明治書院
松井利彦『正岡子規』（新訂俳句シリーズ　人と作品4）　一九七九　桜楓社
松井利彦『子規・虚子・漱石』青雲篇・開花篇・完結篇　一九八三・一九八四・一九八七　雁書館
室岡和子『子規山脈の人々』　一九八五　花神社
松井利彦『正岡子規　士魂の文学』（日本の作家）　一九八六　新典社
坪内稔典『子規随考』　一九八七　沖積社
山下一海『俳句で読む　正岡子規の生涯』　一九九二　永田書房
国崎望久太郎『正岡子規』（近代作家研究叢書）　一九九三　日本図書センター
柴田奈美『子規・漱石・虚子』　一九九五　本阿弥書店
坪内稔典『病床六尺の人生　正岡子規』　一九九八　平凡社

◆高浜虚子

水原秋桜子『高浜虚子』　一九五二　文芸春秋新社
前田登美『高浜虚子―人と作品』　一九六六　清水書院
川崎展宏『高浜虚子』　一九七四　永田書房
大野林火『新稿高浜虚子』　一九七四　明治書院
山口誓子他編『高浜虚子研究』　一九七四　右文書院
清崎敏郎『高浜虚子』（新訂俳句シリーズ　人と作品5）　一九八〇　桜楓社
川崎展宏『虚子から虚子』　一九八三　有斐閣
恩田甲『入門高浜虚子』　一九九五　おうふう
宮坂静生『虚子の小諸』　一九九五　花神社

◆河東碧梧桐

栗田靖『河東碧梧桐の研究』　一九七〇　井ノ口書房
栗田靖『子規と碧梧桐』　一九七九　双文社出版
阿部喜三男『河東碧梧桐』（新訂俳句シリーズ　人と作品6）　一九八〇　桜楓社
相馬庸郎『子規・虚子・碧梧桐』　一九八六　洋々社
栗田靖『河東碧梧桐』（蝸牛俳句文庫）　一九九六　蝸牛社
栗田靖『河東碧梧桐の基礎的研究』　二〇〇〇　翰林書房

◆夏目漱石

寺田寅彦他『漱石俳句の研究』　一九二五　岩波書店
西谷碧落居『俳人漱石論』　一九三一　厚生閣書店
小室善弘『漱石俳句評釈』　一九八三　明治書院
和田利男『漱石の詩と俳句』　一九七四　めるくまーる社
斉藤英雄『夏目漱石の小説と俳句』　一九九六　翰林書房
半藤一利『漱石俳句を愉しむ』　一九九七　PHP研究所

◆芥川龍之介

諏訪優『芥川龍之介の俳句を歩く』　一九八六　踏青社
中田雅敏『俳人　芥川龍之介　書簡俳句の展開』　一九八八　近代文芸社
小室善宏『芥川龍之介の詩歌』　二〇〇〇　本阿弥書店

◆久保田万太郎

後藤杜三『わが久保田万太郎』　一九七三　青蛙社
小島政二郎『俳句の天才　久保田万太郎』　一九八〇　彌生書房
伊藤通明『久保田万太郎』（蝸牛俳句文庫）　一九九一　蝸牛社
成瀬桜桃子『久保田万太郎の俳句』　一九九五　ふらんす堂

◆原石鼎

小室善弘『俳人原石鼎―鑑賞と生涯』　一九七三　明治書院
原　裕『原石鼎ノオト』　一九七六　鹿火屋会
原コウ子『石鼎とともに』　一九七九　明治書院
原　裕編『石鼎百年』　一九八六　鹿火屋会
小島信夫『原石鼎―二百二十年めの風雅』　一九九〇　河出書房新社
原　裕『原石鼎』　一九九二　本阿弥書店

◆飯田蛇笏

小林富司夫『蛇笏百景』　一九七九　木耳社
角川源義・福田甲子雄『飯田蛇笏』（新訂俳句シリーズ　人と作品7）　一九八〇　桜楓社
丸山哲朗『飯田蛇笏集』（脚注名句シリーズ）
伊藤信吉『飯田蛇笏』（日本の詩歌）　一九八五　俳人協会
福田甲子雄『飯田蛇笏』（蝸牛俳句文庫）　一九八九　中公文庫
　一九九六　蝸牛社
石原八束『飯田蛇笏』　一九九七　角川書店

◆前田普羅

中西舗土『前田普羅―生涯と俳句』　一九七一　角川書店
中西舗土『鑑賞前田普羅』　一九七六　明治書院
中西舗土『評伝前田普羅』　一九九一　明治書院
岡田日郎『前田普羅』（蝸牛俳句文庫）　一九九二　蝸牛社

◆村上鬼城

松本旭『村上鬼城研究』　一九七九　角川書店
中里昌之『村上鬼城の研究』　一九八一　明治書院
松本旭『村上鬼城の世界』　一九八五　角川書店
徳田次郎『村上鬼城の新研究』　一九八七　本阿弥書店
松本旭『村上鬼城新研究』　二〇〇〇　本阿弥書店

◆種田山頭火

上田都史『俳人山頭火』　一九六七　潮文社新書
大山澄太『俳人山頭火の生涯』　一九七一　彌生書房
村上護『放浪の俳人山頭火』　一九七二　東都書房
松井利彦『種田山頭火』（新訂俳句シリーズ　人と作品7）　一九八〇　桜楓社
村上護『山頭火の俳句』　一九八八　本阿弥書店
穴井太『山頭火の世界』　一九九〇　本多企画
金子兜太『種田山頭火　漂白の俳人』（講談社現代新書）

石寒太『種田山頭火』（蝸牛俳句文庫）　一九九一　講談社
斉藤英雄『山頭火・虚子・文人俳句』　一九九五　蝸牛社　一九九九　おうふう

◆杉田久女

増田連『杉田久女ノート』　一九七八　裏山書房
石昌子『杉田久女遺墨』　一九八三　東門書店
「杉田久女読本」　一九八二「俳句」臨増
石昌子『杉田久女』　一九八三　東門書店
田辺聖子『花衣ぬぐやまつはる…』（集英社文庫）　一九九〇　集英社
伊藤敬子『杉田久女』（鑑賞秀句１００句選）　一九九一　牧羊社
湯本明子『俳人杉田久女の世界』　一九九九　本阿弥書店

◆水原秋桜子

石田波郷・藤田湘子『水原秋桜子』（新訂俳句シリーズ　人と作品９）　一九六七　桜楓社
藤田湘子『水原秋桜子』（新訂俳句シリーズ　人と作品11）　一九八〇　桜楓社
倉橋羊村『水原秋桜子』　一九八八　角川書店
倉橋羊村『秋桜子とその時代』　一九八九　講談社
倉橋羊村『水原秋桜子』（鑑賞秀句１００句選）　一九九一　牧羊社
倉橋羊村『水原秋桜子』（蝸牛俳句文庫）　一九九二　蝸牛社
水原春郎『秋桜子俳句３６５日』　一九九〇　梅里書房
藤田湘子『秋桜子の秀句』　一九九七　小沢書店

◆山口誓子

東京三（秋元不死男）『現代俳句の出発―「黄旗」を主とせる山口誓子の俳句研究―』　一九三九　河出書房
平畑静塔『誓子秀句鑑賞』　一九六〇　角川新書
平畑静塔『山口誓子』（俳句シリーズ　人と作品10）　一九六六　桜楓社
栗田靖『山口誓子』（新訂俳句シリーズ　人と作品15）　一九七九　桜楓社
久野哲雄『山口誓子覚書』　一九八五　本阿弥書店
島村正『誓子山脈の人々』　一九八八　古川書房
神谷かをる『山口誓子と古典』　一九八九　明治書院
鷹羽狩行『誓子俳句３６５日』　一九九七　梅里書房

◆橋本多佳子

「杉田久女と橋本多佳子」（別冊「俳句とエッセイ」）　一九八八　牧羊社
山田勝彦『杉田久女と橋本多佳子』　一九八九　牧羊社
『橋本多佳子集』（脚注名句シリーズ）　一九五四　俳人協会

◆西東三鬼

小堺昭三『密告　昭和俳句弾圧事件』　一九七九　ダイヤモンド社
沢木欣一・鈴木六林男『西東三鬼』（新訂俳句シリーズ　人と作品15）　一九八〇　桜楓社
「西東三鬼読本」　一九八〇「俳句」臨時増刊
高橋悦男『西東三鬼』　一九九二　牧羊社
五木寛之『西東三鬼の世界』　一九九七　東京四季出版

◆芝不器男

飴山実『芝不器男伝』 一九七〇 昭森社
飴山実『芝不器男』（蝸牛俳句文庫） 一九九四 蝸牛社
岡田日郎『芝不器男研究』 一九九七 梅里書房

◆中村草田男

香西照雄『中村草田男』（新訂俳句シリーズ 人と作品14） 一九八〇 桜楓社
「中村草田男読本」 一九八〇 「俳句」臨時増刊
宮脇白夜『中村草田男論 詩作と求道』 一九八七 みすず書房
宮脇白夜『草田男俳句365日』 一九九六 梅里書房
醍醐育宏『読解 中村草田男』 一九九九 博字堂

◆加藤楸邨

田川飛旅子『加藤楸邨』（新訂俳句シリーズ 人と作品16） 一九七九 桜楓社
「加藤楸邨読本」 一九七九 「俳句」臨時増刊
大岡信『楸邨・龍太』 一九八五 花神社
石寒太『加藤楸邨』（鑑賞秀句100句選） 一九九一 牧羊社
石寒太『わがこころの加藤楸邨』 一九九八 紅書房
中嶋鬼谷『加藤楸邨』（蝸牛俳句文庫） 一九九九 蝸牛社
矢島渚男『楸邨俳句365日』 一九九二 梅里書房

◆石田波郷

楠本憲吉『石田波郷』（俳句シリーズ 人と作品10） 一九六二 桜楓社
村山古郷『石田波郷伝』 一九七三 角川書店
村沢夏風『石田波郷の俳句』（1・2・3・4） 一九七八〜一九八四 学文社
村山古郷編『石田波郷・人とその作品』 一九八〇 永田書房
村山古郷『石田波郷』（新訂俳句シリーズ 人と作品17） 一九八〇 桜楓社
村沢夏風『石田波郷集』（脚注名句シリーズ） 一九八四 俳人協会
山田みづえ『石田波郷』（蝸牛俳句文庫） 一九九四 蝸牛社
辻井喬『命あまさず 小説石田波郷』 二〇〇〇 角川春樹事務所
土方鉄『小説石田波郷』 二〇〇一 解放出版社
星野麦丘人『波郷俳句365日』 一九九二 梅里書房

◆細見綾子

堀古蝶『細見綾子聞き書』 一九八六 角川書店
杉橋陽一『剝落する青空』 一九九一 白鳳社
沢木欣一編『綾子俳句鑑賞』 一九九二 東京新聞
林徹『細見綾子秀句』 二〇〇〇 翰林書房

◆沢木欣一

細見綾子編『欣一俳句鑑賞』 一九九二 東京新聞
山田春生『乱世の俳人 沢木欣一の世界』 二〇〇〇 紅書房

◆金子兜太

高柳重信『バベルの塔』 一九七四 永田書房
牧ひでお『金子兜太論』 一九七五 永田書房

◆森澄夫
「森澄夫読本」　一九七九　「俳句」臨時増刊

◆飯田龍太
広瀬直人『飯田龍太の俳句』　一九八五　花神社
「新編　飯田龍太読本」　一九九〇　富士見書房
筑紫磐井『飯田龍太の彼方へ』　一九九四　深夜叢書社
広瀬直人『飯田龍太の風土』　一九九八　花神社
福田甲子雄『飯田龍太の四季』　二〇〇一　富士見書房
福田甲子雄『龍太俳句365日』　一九九一　梅里書房

◉俳句一般（鑑賞）

高浜虚子『進むべき俳句の道』　一九一八　実業之日本社
『現代名句評釈』（俳句講座6）　一九五八　明治書院
中島斌雄『現代俳句全講』　一九六二　学燈社
『短歌・俳句』（鑑賞と研究　現代日本文学講座）　一九六二　三省堂
吉田精一・楠本憲吉『現代俳句評釈』　一九六七　学燈社
阿部喜三男他『俳句大観』　一九七一　明治書院
大野林火『近代俳句の鑑賞と批評』　一九七三　明治書院
秋元不死男他編『近代俳句大観』　一九七四　明治書院
上野さち子『近代の女流俳人』　一九七八　桜楓社
永田耕衣『名句入門』　一九七八　永田書房
楠本憲吉『現代俳句』　一九八〇　学燈社
沢木欣一『近代俳人』（新訂俳句シリーズ　人と作品19）
西垣脩『現代俳人』（新訂俳句シリーズ　人と作品20）　一九八〇　桜楓社
原　裕『教科書にでてくる俳句の解釈』　一九八〇　桜楓社
小室善弘『鑑賞現代俳句』　一九八五　東京美術
安藤次男・大岡信『現代俳句』（鑑賞日本現代文学　33）　一九八九　本阿弥書店
　一九九〇　角川書店
関森勝夫『文人たちの句境　漱石・龍之介から万太郎まで』　一九九一　中公新書
飯田竜太他編『日本名句集成』　一九九一　学燈社
金子兜太『現代俳句の鑑賞』　一九九三　飯塚書店
栗田靖『俳句とふるさと』　一九九四　中日新聞本社
上野さち子『女性俳句の世界』　一九九八　岩波書店
山本健吉『定本　現代俳句』　一九九八　角川書店
鷹羽狩行『名句を作った人々』　一九九九　富士見書房
飯田龍太他監修『名句鑑賞辞典』　二〇〇〇　角川書店
川名大『現代俳句』（ちくま学芸文庫）　二〇〇一　筑摩書房

◉俳句一般（評論・研究）

荻原井泉水『自由律俳句入門』　一九三七　大東出版社
東京三（秋元不死男）『現代俳句の出発』　一九三九　河出書房
松井利彦『近代俳論史』　一九六五　桜楓社
赤城さかえ『戦後俳句論争史』　一九六八　俳句研究社
松井利彦『昭和俳句の研究』　一九七〇　桜楓社
伊藤整他監修『近代俳句』（日本近代文学大系56）

一九七四　角川書店
上田都史『自由律俳句文学史』　一九七五　永田書房
村山古郷『明治俳壇史』　一九七八　角川書店
松井利彦『昭和俳壇史』　一九七八　明治書院
村山古郷『大正俳壇史』　一九八〇　角川書店
浅井清他編『研究資料現代日本文学6　俳句』　一九八〇　明治書院
村山古郷『明治大正俳句史話』　一九八二　角川書店
『近代俳句』（日本文学研究資料叢書）　一九八四　有精堂
金子兜太『俳句の本質』　一九八四　永田書房
金子兜太『わが戦後俳句史』　一九八五　岩波書店
村山古郷『昭和俳壇史』　一九八五　角川書店
上田都史『近代俳句文学史』　一九八八　永田書房
前田普羅著・中西舗土解説『渓谷を出づる人の言葉』　一九九四　能登印刷出版部
沢木欣一『昭和俳句の青春』　一九九五　東京新聞出版局
尾形仂『俳句の可能性』　一九九六　角川書店
松井利彦『大正の俳人たち』　一九九六　富士見書房
川崎展宏『俳句初心』　一九九七　角川書店
草間時彦『近代俳句の流れ』　一九九七　永田書房
仁平勝『俳句が文学になるとき』　一九九七　五柳書院
小室善宏『文人俳句の世界』　一九九七　本阿弥書店
山下一海『俳句への招待』　一九九八　小学館
後藤比奈夫『俳句遠望』　一九九八　ふらんす堂
堀古蝶『主観俳句の系譜』　一九九八　巴書林
岡井省二『俳句の波動　俳人は思想したか』　一九九九　角川書店
国文学編集部『俳句の謎　近代から現代まで』　一九九九　学燈社
山下一海『俳句の歴史』　一九九九　朝日新聞社
復本一郎『俳句芸術論』　二〇〇〇　沖積社
浅井清『新研究資料　現代日本文学⑥　俳句』　二〇〇〇　明治書院
栗田靖『現代俳句考』（豊文選書Ⅰ）　二〇〇一　豊文社出版
沢木欣一編『子規・写生』　二〇〇一　角川書店
阿部誠文『ソ連抑留俳句　人と作品』　二〇〇一　花書院
川名大『現代俳句』上・下　二〇〇一　ちくま学芸文庫

栗田　靖（くりた・きよし）
一九三七年　旧満州国ハイラルに生まれる。
一九七五年　日本大学大学院博士課程単位修得
現在　日本大学国際関係学部教授
著書『子規と碧梧桐』（双文社出版）、『山口誓子』（桜楓社）、『俳句とふるさと』（中日新聞社）、『河東碧梧桐の基礎的研究』（翰林書房）、編著『碧梧桐全句集』（蝸牛社）他

清水弥一（しみず・やいち）
一九三七年　岐阜県に生まれる。
一九六一年　岐阜大学卒業。
現在　岐阜第一高校講師
論文・著書「大野林火」（明治書院『研究資料現代日本文学』）
『探訪ふるさとの文学　西美濃編』（共著　大衆書房）

日本文学コレクション
新編　近代俳句

二〇〇一年一〇月一〇日
第一刷

著　者―栗田靖　清水弥一
発行者―今井　肇
発行所―㈱翰林書房
〒101-0051　東京都千代田区神田神保町一―一―四　電話（〇三）三二九四―〇五八八
装　丁―石原　亮
製　版―㈲デジタルプレス
印刷所―オリーブ印刷社
 ISBN4-87737-136-2